文芸社セレクション

空ゆく月のめぐり逢うまで

下田 ひとみ

SHIMODA Hitomi

文芸社

空ゆく月のめぐり逢うまで

一

「私、十一月って好きだなあ」

　壁のカレンダーをめくりながら鈴(すず)が言った。

　二〇〇九年、今日から十一月。新しいページの写真は一面の朽葉色の落葉である。朽葉色は平安時代から用いられている色名だった。衣服の色として知られ、朽葉四十八色といわれるほど多くの色がある。黄朽葉、赤朽葉、青朽葉、濃朽葉、薄朽葉――などなど。カレンダーにはさまざまな朽葉色の落葉が、万葉の絵巻物のようにページいっぱいに広がっていた。

「どうして？」

　朝食を終えた美葉子(みよこ)が食卓を片づけ始めた。鈴はセーラー服のスカートをひるがえすと、テーブルにきて母親を手伝った。

「秋が深まって、とってもいい季節でしょう。なんていうか、心が浄化されるような。自然の中で目を閉じるとね、心が澄んでくるの」

「まあ、鈴は詩人ね」

内山美葉子と鈴が暮らしているのは神奈川県の鎌倉であった。

鎌倉といえば神社仏閣。中でも鎌倉大仏が有名で、樹齢千年余りといわれる高さ三十メートルの大イチョウがそびえたつ鶴岡八幡宮もある。観光地として広く知られていたが、東京に近く、気候が温暖であることから、昔は保養地としても栄えた。由比ヶ浜の潮騒を愛し、谷戸の散歩を好んだ有名人たちの別荘も多く残されている。高級感の強いイメージがあるが、美葉子と鈴が暮らす「あけぼの団地」は藤沢に近く、そこには小川が流れ、畑が点在する素朴な風景が広がっていた。

五階建ての団地は、築三十二年のコンクリートの古びた建物だった。二人の部屋は三階の三〇八号室。襖は変色し、壁にひび割れがあり、窓辺には雨漏りのシミがある。しかしそれは、れんげ畑を撮ったポスターや、綴れ織りのタペストリーや、アンスリウムの鉢植えで、巧みに隠されていた。

掃除が行き届いた部屋は清潔で、朝陽が射し込んだ室内は明るく、磨き込んだ窓硝子が水面のように光っている。

「それに、なんといっても十一月は、お母さんの誕生日があるもの。だから私、十一月が好きなんだ」

「泣かせることいっちゃって」

「お母さんの美葉子っていう名前、落葉からとったんでしょう。このカレンダーみたいに美しい葉っぱ。お母さんにぴったり」

「鈴の魂胆はお見通し。ケーキの催促でしょう」

鈴は肩をすくめた。

「ばれたか」

働き者で料理上手の美葉子は、日々の食事を始めとして、おやつはぜんぶ手作りだった。

ホットケーキ、シュークリーム、クレープ、クッキー、ゼリー、ババロア。ヨーグルトのたねは常時仕込んであるし、コンポートはいつだって出番を待っている。ジャムやマーマレードはもちろん、味噌やドレッシングやマヨネーズ、漬物もピクルスも自家製だった。

娘と二人分でも手抜きはしない。彼岸のおはぎ、雛祭りの団子、パイやパンもお手のもの。だからもちろんクリスマスも誕生日も、ケーキはお手製である。

「でも誕生日って、祝ってもらうもんじゃなかったかなあ？　そろそろ鈴の手作りケーキの登場を、お母さん、期待してるんだけど」

「受験生にプレッシャーかけないで。今は追い込みで大変なんだから」

鈴は父親を五歳のときに病気で亡くしていた。美葉子は土産物の内職をしたり、ビルの清掃員をしたりして、家計をやり繰りした。いまは弁当屋に勤めている。

母の苦労を見て育った鈴は、生涯役立つ資格を取ろうと小さい頃から決めており、それなら人の役に立つ職業をと、看護師を目指していた。来年二月に行なわれる看護学校受験に向かって、勉強に励む日々である。

「がんばって合格するから。ケーキは来年に期待して。ね、お母さん」

「来年かあ……」美葉子は大きなため息をついた。「ああ、その日を迎えたくないなあ。来年はお母さん、五十歳だもん」

「大丈夫」鈴がきっぱりと言い切った。「ぜったい見えないから」

「そう？」

「お母さんって綺麗だし」

「ホント？」

「性格もかわいいし」

「やっぱり！」

「料理の腕も天下一品！」

美葉子が何かを待っているように、鈴を見つめて両手を胸に組んでいる。鈴はその期待に応えた。

「もう一度お嫁にいけるよ」

「その言葉を聞きたかったの。これで安心してこれからも生きていけます」

二人は母娘漫才のようにポーズを作って見つめ合った後、吹き出してしまった。お茶目な美葉子にしっかり者の鈴。

「どちらが親か子かわからない」

とは、人からよく言われる言葉であった。

壁の時計を見て、美葉子はテーブルを拭く手を早めた。

「ここはもういいから、早く支度しなさい。学校遅れるわよ」

「はーい」


鈴を送り出した後、ベランダに出ると、美葉子は娘の姿が現れるのを待った。団地の玄関からは出勤姿の人々や登校する子どもたちが次々と出てきた。今年は秋になっても暖かな日が多く、あまり寒さを感じなかった。だが今朝は人々が吐く息が白く見える。通りを隔てた公園の山茶花が淡雪のように咲いていた。

自転車置場から鈴が出てきた。

「いってらっしゃい」

美葉子がベランダから手を振ると、

「いってきます」

と、笑顔で応えた鈴が、元気よくペダルを漕ぎ始めた。後ろ姿がしだいに遠ざかっていく。やがて角の向こうに消えた。いつもの朝の風景である。

「来年……か」

美葉子は空を見上げてさっきの鈴との会話を思い出していた。

来年のいま――。

おそらく鈴は看護学校に入学し、目標に向かってがんばっていることだろう。

早生まれの鈴は現在十七。来年の二月の誕生日で十八である。

そして美葉子は、来年の今頃はまもなく五十を迎えるのだ。

夫が亡くなったのは、美葉子が三十七のときだった。あれから今日まで、鈴の成長だけを楽しみに、無我夢中で生きてきた。

看護学校は全寮制だったから、入学したら鈴はこの家を離れることになる。美葉子の一人暮らしが始まるのである。寂しがり屋の美葉子は、その日がくるのを、実はひそかに恐れていた。だがそれは、鈴に悟られてはならないことであった。

「もうひとがんばり。女は五十からが勝負よ」

美葉子は青空に向かってほがらかに言った。

二

同じ日――。

東京の空は灰色の雲に厚く覆われていた。

都心の高台にある怜泉(れいせん)循環器病センターでは、朝の回診が行なわれていた。

個室のプレートに「藤本理玖(りく)」とある。その病室は七階にあり、南側にある窓から高層のビル街が見渡せた。

しかし理玖がこの窓に立ち、外の景色を眺めることは稀だった。理玖は十七歳。重い心臓病を抱えた心臓移植の待機患者だったからである。

心臓移植の歴史を辿ってみると、世界で初めて心臓移植が行なわれたのは一九六七年十二月三日のことである。

手術は午前五時五十二分に、アフリカ南端の町、ケープタウンのフルーテ・シュール病院で行なわれた。手術を受けた患者は四十六歳の白人男性、ルイス・ワシカンスキー。提供者であるドナーは、二十四歳の黒人女性、デニーズ・ダーバルであった。

執刀した医師はクリスチャン・バーナード。患者のルイスは肺感染症が悪化し、呼吸不全で術後二十日後に亡くなった。

驚異的なこのニュースはまたたくまに地球を駆け巡った。このことを機に、世界中の移植医たちは我先にとバーナードに続いた。こののちの二年間で世界中で百六十六人が心臓移植を受けたのである。そのうち一年以上生存したのは二十三人であった。我が国に最初の心臓移植が行なわれたのは、バーナードの手術の翌年、一九六八年八月八日のことである。

ドナーは山口義政、二十一歳。海水浴中に溺れ、いったんは呼吸が止まり、心臓も停止したが、救急車で搬送される途中、心臓が動き出した。近くの野口病院に入院し、呼吸も血圧も安定する。しかし、しばらくするとふたたび苦しみだしたので、今度は札幌医大に搬送。そのまま心臓外科の和田教授のもとに運ばれて、ドナーとなった。

移植を受けた患者は宮崎信夫、十八歳。病名はリュウマチ性の心臓弁膜症であった。移植手術は真夜中に始まり、午前五時三十分に終了した。宮崎は五日後に意識を回復し、食事も摂り始め、一ヵ月後には歩けるようになった。

札幌医大の和田寿郎教授によって行なわれた、このいわゆる「和田心臓移植」は、術後、回復した宮崎が車椅子でマスメディアの前に登場した当初は、国民に熱狂的に迎え入れられた。

しかし十月二十九日、術後八十三日目に宮崎が急性心不全で死亡するに至り、世の中の評価は一変した。

「はたして患者に移植は本当に必要だったのか？」

「ドナーの脳死判定は正しかったのか？」

などという疑問の声が次々とあがり、世論は和田教授の行ないを非難する方向へと傾いていった。

このときの種々の報道、日弁連調査などを総合すると、明らかにされた疑惑は、次のようなものである。

一、ドナーの山口は高圧酸素療法のために和田心臓外科に送られたというが、溺れた患者の治療に高圧酸素療法が適用されることはほとんどない。水で窒息したための心肺不全の場合、治療は麻酔科か呼吸器科であるはずなのに、和田心臓外科に直行して、ただちに手術が行なわれている。時間経過から見て、山口に適切な治療を施さないままに心臓移植が行なわれたとしか考えられない。日弁連報告書によると、「これらの一連の事実は、すでに心臓移植の決意がなされて、高圧酸素療法が開始されたとの事実を強く推定させる」とあった。

二、移植を受けた宮崎を和田教授に紹介した宮原光夫教授の発言として「弁置換手術を依頼すべく紹介したのであって、心臓移植が行なわれるとは期待していなかった」という旨のことを言っている。「宮崎君は放置すると長い寿命とはいえないが、人工弁に置換することによって、普通の人と変わらない生活を十年くらいは送ることができた」という発言もあった。

宮崎の心臓は一時行方不明になっていたが、その後、発見される。「発見された宮崎の心臓弁は、何者かによって切り取られ、ほかの人間の心臓弁とすりかえられていた」と当時、報道されている。これによって、それまで声高に論じられていた世間の疑惑は、さらに深まった。このことについては未だ解明に至っていない。

三、札幌地検が法務省に提出した報告書によると、検査をされていたはずのドナーの脳波測定が、実は行なわれていなかったことが明らかになった。それだけではなく、救急台帳がなかったり、心電図が破棄されていたり、脳波や血圧記録が紛失していたりしたことも判明した。カルテの記載もあまりに簡単すぎた。「大学病院では考えられないずさんな処置」と記録されている。

手柄をあせったのか？　正しい行ないだったのか？
真相は現在も明らかではない。

ある関西の漢方医が、和田心臓手術を「殺人」として告訴したが、札幌地検は不起訴処分にしている。

真相はどうであれ、このことによって国民の意識が、「心臓移植そのものまで悪だと否定してしまう」という事態に陥ってしまったことは、心臓移植によってしか助かるすべのない患者にとって、不幸であった。もはや国内での手術は望めず、莫大な費用と煩雑な手続きなど、多大な犠牲を強いられる国外での手術に頼るしか、生きる方法がなくなったのである。

世界に目をやっても、一度は熱狂的に迎えられた心臓移植であったが、その後、拒絶反応と感染によってたくさんの患者の命が失われるに至って、その人気は急速にさめていった。

日本でも長い暗黒時代が続く。それは三十年にも及ぶ長期のものであった。しかしその間、関係者はただ手をこまねいていたわけではない。海外の現場で技術を学び、手術の腕を研き、来るべき日に備えていた。術後の管理対策も向上し、術後の生存率も延びていった。

そして、臓器移植に対して地道に粉骨砕身した人々の苦労がようやく実る時が訪れる。一九九七年七月十六日、臓器移植法が公布され、同年十月十六日、施行されたのである。

一九九九年二月二十八日に、大阪大学医学部付属病院で再開第一例の心臓移植が行なわれた。同年五月十二日に、国立循環器病センターで第二例を実施。ともに成功のうちに終わった。心臓移植は医療行為のひとつとして、このまま定着、発展するかに思われた。

しかし、その後は、この年にあと一例、翌年二〇〇〇年に三例、二〇〇一年に六例、二〇〇二年に五例と手術数が増えず、二〇〇三年には一例も行なわれなかった。欧米諸国に比べて一〇〇分の一といわれるドナー不足がその原因である。

心臓移植を希望して、登録している患者は、二〇〇九年現在百五十人ほど。手術が行なわれるのは登録順で、三年以上待つのが普通だった。

いま理玖はあることで悩んでいた。つい今し方の回診で、主治医から「状態がよくないので、補助人工心臓を装着することを検討している」と聞かされたからである。

補助人工心臓を着けると、「循環が適正に維持され、心不全によってダメージを受けていたほかの臓器機能も回復する」という利点がある。

しかし管でつながれるので、行動が制限されるし、何より機械に血栓ができた場合、それが脳に飛んで脳梗塞を起こす場合がある。理玖はそのことを恐れていた。

ここ数日、血圧が低く、寝ていてもひどいめまいがする。強心剤の量を増やしたが、それにも限界があった。今度は持ちこたえられないかもしれない。

——このまま死んでしまうんだろうか？

ギターを見つめて、理玖は自問した。

理玖の夢はシンガーソングライターになることだった。自己流で音楽の勉強をし、歌もつくっている。容体のいいときはギターやキーボードを弾くのが日課だった。脳梗塞を起こして、もし半身不随になったら、ギターが弾けなくなる。

——でも、命には代えられない。

理玖の名前が心臓移植の待機リストに載ったのは、六年前のことだった。主治医の勧めもあったが、何より家族が移植を強く希望した。

理玖が生まれたのは新潟の佐渡島だった。祖父母と両親のもと、三番目に誕生した初めての男の子。歳が離れた二人の姉は嫁ぎ、両親が年老いた祖父母の面倒をみながら稼業の酒屋を営んでいた。見舞いにこられるのは月に数度だが、入院中の息子をいつも案じている。両親は移植にすべてを賭けていた。

理玖と怜泉循環器病センターとのつきあいは長かった。生まれ付きの複雑な心臓奇形と判明し、地元の病院からヘリコプターで怜泉循環器病センターに搬送されたのは生後四日目。大動脈を繋ぐ手術を受けて一命をとりとめ、一ヵ月後に退院したが、四歳のときに今度は心臓の穴を塞ぐ手術を受けるためにふたたび入院した。手術は成功し、二ヵ月後に退院。しかしこれらは根本的な治療にはならなかった。階段を二、三段上がっただけで、チアノーゼになってうずくまってしまうような日々の連続。入退院を繰り返しながら小学校も満足に行けないままに、状態は徐々に悪化。十一歳で移植待ちの長期入院患者となった。

強心剤の力を借りて命をつないでいるものの、心臓移植しか助かる手段がなかった。だが、その前に補助人工心臓を着けなければならない。そうしなければ、おそらくもたない。

——ぼくは死んでしまうだろう。

考えても、考えても、変わらない現実がそこにあった。

もの心ついてから今まで、病院のベッドで、何度「死」について考えたことだろう。

――人間はいつかは死ぬ。誰でも、どの人にも、それは例外なく訪れる。
死んだらどうなるんだろう？
恐い。
何度考えても、恐い。

――ぼくは十七だ。まだ何も始まっていない。ぼくは人生を生きてない。
生きたい。死にたくない。
友達に会いたい。
勉強がしたい。
歌をつくり続けていたい。

――けれど移植を待つということは、提供者を待つということだ。ぼくは誰かが死ぬのを待っている。それは正しいことなんだろうか？
そんなにしてまでぼくは、生き延びていいんだろうか？

――医療技術が発達していなければ、ぼくの命はとっくに失われていた。
重い心臓病を持って生まれてきたぼくは、最初から短命と定められていたんじゃないだろうか？

ぼくはこれ以上生きてはいけないんじゃないだろうか？

こんなふうに考え始めると、際限がなかった。特にドナーのことを考えるのが、理玖にはつらかった。ドナーの死は自分の責任でないとわかっている。だがその死を待っていることに、罪の意識を感じてしまうのである。しかし、家族の気持ちを思うと、移植を受けるしか道がなかった。

――なぜこんなに苦しいんだろう？

ぼくはどうしたいんだろう？

――補助人工心臓なんかつけたくない。

ああ……何もかも、もうイヤだ。

めまいがひどくなってきた。

息が苦しい。

ナースボタンに触れようとしていた指を、理玖は止めた。

――このままでいよう。自然に呼吸が止まるのを待って。

――我慢比べだ。ナースボタンは、押さない。


そのときナース室には四人の人間がいた。

主任看護師の吉永と、二人の若い看護師、黒一点の看護師見習いの山本である。

理玖の部屋のランプが点滅している。

「どうされました？」

返事がない。

「りっくんよ」

「りっくん、どうしたの？」

やはり返事はなかった。

吉永がなにごとかを感じたらしく、ガーゼの束をワゴンに置いて言った。

「私が行ってみるわ。山本君も一緒に来て」

二人が病室に駆けつけてみると、理玖がベッドの端の床に仰向けに倒れていた。

「先生を呼んできて！」

山本が慌てて駆け出していく。吉永は理玖をかかえ上げると、ベッドに横たえて、声をかけた。

「りっくん、しっかりして！」

薄れていく意識の中で、理玖は吉永の声を聞いていた。

「がんばるのよ！　ここまでがんばったんだから。最後までがんばるのよ！」

それは母の声のようであり、父の声のようでもあった。

「生きるのよ！　がんばって生きるのよ！」

またそれは祖父母の声のようであり、姉たちの声のようにも思われた。

「死なないで！　絶対、生きるのよ！」

しかしそれは理玖の声であった。心の奥の底の底にある単純で正直な思い――。

その声に理玖は心の中でこたえていた。


――がんばる。

やっぱりぼくは死にたくない。


――補助人工心臓を着ける。

移植だって受ける。

――生きたい！
生きたいんだ！

三

柏尾(かしお)川の水面がきらめいている。

「いらっしゃいませ」

「焼肉弁当ひとつと天丼ひとつ」

「ありがとうございます。九百五十円です」

お昼時の「わかさ」の前の通りには弁当を買う客の列ができていた。

美葉子が勤めている弁当屋「わかさ」は、「湘南ハイツ」と呼ばれる住宅地の入り口にあった。前を柏尾川が流れている。橋の上から覗き込むと、人馴れしているらしく錦鯉が寄ってきた。海が間近で、高台に立つと江の島が望める。天気の良い日は富士山も見え、夏場には川を渡って吹いてくる海風が心地良かった。

「わかさ」の営業時間は朝の九時から夜の十一時まで。勤務は交替制で、美葉子の基本シフトは始業から夕方五時までだった。

弁当のメニューは和風洋風合わせて約四十種類。サラダにスープ、うどんや蕎麦などの麺類もある。客層は男女を問わずお年寄りから小学生までさまざま。「湘南ハイツ」だけでなく、いくつかのオフィスビルも近くにあったため、店は繁盛していた。

美菓子が「わかさ」で働き始めたのは、鈴が小学四年生のときだった。それまでは午前中だけのパート勤めを転々としていた。鈴が小学校から帰ったときに、家にいられるようにしたかったからである。家計は苦しかったが、鈴の寂しさを考えて、無理はしなかった。「わかさ」の店主の松宮忠志（ただし）とその妻の節子は六十代半ば。子どもがいなかったせいか夫婦とも商売ひとすじで、ともに面倒見のいい質だった。二人は母子家庭の美菓子を経済的にも何かと気遣ってくれた。

だから「わかさ」で働き始めてからは、収入が安定したこともあって、美菓子ははりきっていた。何とか店に貢献したいと、自前で食材を買いそろえ、弁当の新メニューの開発を始めたのである。もともとが料理が好きで就いた仕事だった。美菓子にとってそれは心躍る作業だった。

新鮮な季節の食材で、おいしくて見た目にも美しいものを創る。

「湘南の海」「花畑」「五月雨」「夏物語」――。

名前にも工夫を凝らした。

松宮夫婦に認められ、メニューに加えられた美菓子が考案したこれらの弁当の数々は、客の評判を取り、店の売上をのばした。

明るくて働き者の美菓子は従業員に人気があり、また客の中でも美菓子目当ての男性客たちも少なくなかった。もっとも男性客といっても、そのほとんどは時間をもてあましている老人たちだったのだが――。

「新作の弁当、おいしかったよ」

「今度の卵焼きの味は洒落てるねえ」

などと、嬉しそうに美葉子に話しかけてくる。

「あのおじいちゃん、内山さんでなくちゃ駄目なんだから」

「お気に入りの内山さんがいないと、ご機嫌が悪いのよ」

同僚たちにからかわれる度に、美葉子は笑って応えるのだった。

「私じゃなくて、私が創った『弁当』がお気に入りなのよ」

喫茶店や酒場と違って、弁当屋では客と接する時間は――例の老人たちは別として――短い。だからたとえなじみの客であっても、その客の名前や素性を知ることはほとんどなかった。

美葉子がなじみ客の一人である「山部慎一（やまべしんいち）」の名前を知ったのは、偶然だった。

書店で料理の本を物色していたときのことである。表紙の美しさに惹かれて、何気なく手にした写真集に、カメラマンの顔が載っていた。それはときどき「わかさ」で見かける客だった。

プロフィールの紹介文にはこうあった。

山部慎一。神奈川県藤沢市生まれ。五十二歳。

早稲田大学卒業。三年の出版社勤務を経て、ノルウェーに留学。オスロの専門学校を卒業後、カメラマンとして活躍。北欧の自然や人々の日常を撮り続けている。帰国してからは執筆活動も始め、北欧の魅力を文章でも紹介している。それは海外の雑誌にも発表され、国内外で行なわれた多くの展覧会と併せて高い評価を得ている。

プロフィールにはほかに、受賞した賞、出演したテレビ番組、出版した写真集と著作が列挙されていた。

——あのお客さん、こんな有名な人だったの。

美葉子は心の底から驚いていた。

山部は地味な客だった。どんな弁当を買うのか美葉子は覚えていなかったし、これまで話をしたことなどもなかった。「湘南ハイツ」の中に住んでいるらしく、ジャージー姿にサンダル履きの客、という印象しかない。

写真集は『憧れ』とタイトルがついており、二年前に出版されたものだった。立ち読みのつもりだったが、買ってしまった。ページを開いていくにつれ、写真のひとつひとつに美葉子は魅せられてしまったのである。

そこには北欧の風景と人々の暮らしが写っていた。

フィヨルド。オーロラ。
雪の街。マイナス二十度の朝。
市場で野菜を売るおばあさん。結婚式の花嫁。
対象をただ写しているのではなかった。その一枚一枚に深い愛情と物語が感じられる。
美葉子は息を呑んで、その一枚一枚を見つめていた。
食前の祈りを捧げる家族。民族衣裳を着た少女。
洗礼を授けられる赤ちゃん。湖畔のピクニック。
美葉子の知らない世界が、そこにあった。

四

パッコン。パッコン。パッコン。パッコン……。

理玖に装着された補助人工心臓の音である。

理玖はその音を聞きながら天井を見つめていた。

補助人工心臓は、もともと「心臓機能を完全に代行するもの」を目指して研究が始められた。一九六九年、リオッタらが開発した人工心臓が、デントン・クーリーたちによって初めて臨床で用いられたが、これは移植待機患者のドナーが現れるまでの一時的な措置としての使用であった。

一九八二年、永久使用を目的としたジャービック七型の完全人工心臓が開発され、ウィリアム・ドブリースらによって患者に移植された。この患者は六二〇日間生存し得たものの、血栓塞栓症を始め、数々の合併症に悩まされたため、その後、ジャービック七型は広まらなかった。

一九九二年八月二十日。十八歳の日本人患者が心臓移植を受けるために大阪空港から米国のヒューストンに向かった。それ以前にも移植を希望して海外へ渡った患者はいたが、補助人工心臓を装着しての渡航は今回が初めてであった。このときの補助人工心臓は日本人が作製したものである。この患者にはテキサス心臓研究所で待機することおよそ二ヵ月でドナーが現れ、十月二十二日に移植手術を受けた。手術は成功。術後の経過も良好で、翌年一月十二日に元気に帰国することができた。

　その後も人工心臓は世界中でさまざまなタイプのものが開発され、今日に至っている。

　パッコン。パッコン。パッコン。パッコン……。

　規則正しい機械音が、装着された当初、理玖は常に気になった。耳障りでなかなか眠りに就けないし、夜中に眼が覚めたときなど、音が耳についてそのまま朝まで眠れないときがある。慣れる日がくるとは思えなかったが、理玖は前向きにとらえることにした。雑音ではない。命をつないでくれている音なのである。

　十二月を間近に控え、理玖の病室の小机にはクリスマスツリーが飾られていた。オーナメントは姉や知り合いたちの手作りである。その中のひとつ、理玖のお気に入りの天使は林田佐知（さち）からのプレゼントだった。

　佐知は病院の坂道を下ったところにあるミモザ館の責任者だった。ミモザ館とは患者の家族のための宿泊滞在施設である。

　佐知が初めて理玖に会ったのは、理玖がここに入院した新生児のときだった。以来、理玖が手術で入退院を繰り返す中、付き添う理玖の家族はミモザ館に滞在した。六年前に待機患者となり、長期入院の身となった理玖のもとに、今も家族は定期的に見舞いに訪れ、ミモザ館に泊まっている。理玖やその家族と佐知は身内のように親しい間柄となっていた。

県外から入院している長期患者には家族以外に見舞い客がいない場合がほとんどで、理玖もそうである。佐知はそのため、時間があると理玖の病室を訪れていた。

「外はとっても寒いのよ。夕方には雪になるかもしれないって」

「降ったら初雪ですね」

「暖冬だなんていってたけど今年は雪が早いわね」

佐知は鞄から楽譜を取り出して言った。

「いま、ピアフにハマってるの」

「エディット・ピアフ？」

「そうよ」

「『愛の讃歌』とか？」

理玖が音楽好きなのは佐知の影響が大きかった。子どもの頃から病室に一人ぼっちでいる理玖に、佐知はいつも何かしら音楽のCDを携えていったからである。クラシック、ジャズ、ポピュラー、歌謡曲――それはジャンルを超えていた。

「『愛の讃歌』もいいけど、私のお気に入りはこれ」

佐知が差し出した楽譜には「青いうた」とタイトルがあり、譜面の下に邦訳が載っていた。

いま　さだめを終え　友と別れるとき
手のひらを子どもの髪に
ほほえみを年寄りに
明日の日はもう来ない
苦しみの朝もない
神様のもとで　心のかぎりに
青いうたを

「ハ長調で歌いあげるのよ。曇りのない声で。それは素敵なの」

「誰が創ったんですか?」

「ピアフよ。恋人のマルセル・セルダンが夢に現れてピアフに語った言葉をもとに創られた、という逸話があるのよ」

憧れるような理玖の声がした。

「恋人が夢に現れるなんて、いいなあ」

「彼はボクサーで、交通事故で亡くなったそうよ。夢に現れたのはそのあと」

「恋人は亡くなったんですか……」

　理玖の顔が曇ったので、佐知は話題を変えた。

「今年のクリスマス会、何をしようかしら。まだ決まってないのよ。りっくん、何かいい案ない？」

　毎年この時期、怜泉循環器病センターでは、入院中の病児のためにクリスマス会を行なっていた。ミモザ館のスタッフも参加して、人形劇や紙芝居などを披露している。子どもたちが楽しみにしている催しであり、準備に力を入れていた。

「この『青いうた』。これを林田さんが歌ったらいいんじゃないかな」

「私が歌を？」

「若いときは声楽をされてたんでしょう。林田さんの歌声、聴いてみたいなあ」

　佐知は東京の音大を出ていた。その後結婚。女児を授かったのだが、その子が重い心臓病で幼くして亡くなった。そのときの縁で、離婚後ミモザ館で働くようになったのである。

「歌うことが好きだっただけ。私の歌声なんて化石よ。それにこれはシャンソンでしょう」

「林田さんの声って、低くて艶があるからシャンソンに向いてると思いますよ」

「やめてよ、りっくん。いまさらこの歳で……」

佐知は笑ってとりあわなかった。

「まだ六十でしょう。七十になっても八十になっても歌ってる人はいます」

「無理よ。ぜったいに無理。それに『青いうた』は子どもに向かないわ。人生を重ねた大人の歌だもの」

「そうかなあ。病気の子どもって、生きている年数は少なくても、意外と深い人生経験を積んでいると思いますよ。『明日の日はもう来ない。苦しみの朝もない』――そんなときがくるかもしれないって考えている子どもって、多いんじゃないかな。自分が生まれてきたことの意味を深く考えたり、孤独や無力をいやになるまで経験したり、体だけじゃなくて、心の痛みや苦しみに、毎日じっと耐えている。ここに入院している子どもたちって、そういう子どもばかりなんじゃないかって、そう思うんです」

理玖が言うと説得力がある。佐知はつらくなって、立ち上がって窓辺に行った。

「雪はまだみたい……同じ降るならクリスマスにならら素敵なのに」

話題を変えたつもりだったのに、それを聞いた理玖が思い出したように言った。

「昨日、山際さんに言われたんです。『今年のクリスマスは最高のプレゼントがもらえたらいいですね』って」

山際とはこの病棟の看護師だった。

「ドナーのことを言ってるんです。そろそろ順番がぼくかもしれないって。今度は期待がもてるらしいんです」

ツリーを見つめた理玖の声は暗かった。

「でも、もしそんなことが起こったら、ドナーの家族はどんなに悲しいでしょう。クリスマスに家族が死ぬなんて――。ぼくはそんなことを望みたくない。望みたくないのに……。割り切ってるつもりだったのに。でもいざとなると、苦しくて、申し訳なくて……」

「そんなふうに考えてはいけないわ。ドナーや家族の方を思う気持ちはわかるけど、そもそも提供の意思を持っておられたからその方はドナーになられたのよ。ドナーの死は、りっくんとは何の関係もないの。もちろんりっくんにはその死に何の責任もないの」

「でも……」

理玖が泣き始めたので、佐知はベッドの脇の椅子に腰かけ、やさしく言った。

「私はこういうふうに考えているの。死というものは、役割が終わったから、だからその人に訪れるのだ――と。それがどんなに短い一生でも、たとえどれほどむごく、理不尽に思える最期だとしても、こちら側ではなくてあちら側に、神様の側に、私たちにはうかがい知ることのできない、何か必然的な理由があって、だからその人に死が訪れるのだ——と。おそらく亡くなった方たちは、そのことをあちら側に行って、納得できるようになっているんじゃないかしら。こちら側に残された肉体を、ドナーは贈り物としてくださる。私たちは感謝して受け取る。それでいいのよ、りっくん。むつかしく考えないで」

静かな病室に補助人工心臓の音が響いていた。

パッコン。パッコン。パッコン。パッコン……。

理玖は涙を流し続けている。

青白く、頬の痩けた理玖の横顔を見つめた佐知は、「このままでいつまでもつかしら?」と、胸がしめつけられる思いがした。

佐知は理玖の手を取って言った。

「りっくん、心を強く持って。くじけてはだめ。贈り物がきたら、あなたは生きられるようになるのよ」

五

灰色の空から雪が降り始めた。

あけぼの団地では家々に灯がともり始め、主婦たちが夕飯の支度にとりかかろうとしていた。

美葉子がスーパーの袋を手に玄関のドアを開けると、出迎えた鈴が言った。

「お兄ちゃん、二次の論文式試験、駄目だったんだって」

鈴が子どもの頃から「お兄ちゃん」と慕う永井啓介（ながいけいすけ）は、隣の三〇七号室の住人だった。鈴より四つ年上の大学四年生。祖父母と三人で、美葉子と鈴が越してくる前からこの団地に住んでいる。

「まあ、残念だったわね」

「一次の短答式試験は楽勝だったのに」

「一次試験に受かっただけでもすごいわよ。日本の文系の超難関の国家試験って、公認会計士と司法試験と、あと何だったかしら？」

美葉子は台所に行くと、テーブルにスーパーの袋を置いた。

「そう、それそれ。お母さん、何度きいても覚えられないのよ。医師試験じゃないのね」

「不動産鑑定士」

「それは三大国家資格。医師と弁護士と公認会計士がそれよ。医学部に入るのって大変だけど、国家試験はそれほど難しくないみたい。大学で真面目に授業受けて勉強してたら受かるらしいわ。医師の国家試験って、合格率いいじゃない」

「そういわれれば、そうね」

美葉子が食事の支度にとりかかると、鈴が来てジャガ芋の皮むきを手伝い始めた。そろそろ塾に行く時刻なのに、いまだに出かける気配がないところを見ると、啓介の不合格がよほどショックなのだろう、と美葉子には察せられた。

「それに比べて、公認会計士の試験の合格率って、毎年変動があるとしても、いつも九パーセントとか、十パーセントなのよ。信じられる？」

「ほんとに大変ねえ」

「でもね、お兄ちゃん、一科目、監査論が合格してたんですって。科目合格してると二年間その科目は試験が免除になるのよ」

「それはよかったじゃない。次の試験はいつなの？」

「来年の八月」

「啓介君、来春卒業でしょう。だったら就職浪人になるのね。きついわねえ」

「そう。だからどうしても一発合格したいって。あんなにがんばってたのに。お兄ちゃん、可哀想。おじいちゃんとおばあちゃんも、がっかりしてるよ。顔では笑ってるけど」

啓介の祖父の永井克巳（かつみ）は穏やかで、祖母の嘉子（よしこ）も心優しい人だった。二人とも口数が少なかったが、長い間隣同士でいれば、おのずと家庭の事情も知れてくる。啓介は永井夫婦のひとり娘の子どもで、その娘は啓介を出産後、亡くなったらしかった。

嘉子は七十半ば、克巳は八十を超えている。高齢の二人が孫の行く末を案じていることを思うと、美葉子の胸も痛んだ。

「大丈夫よ、鈴。こんなに難しい試験。一度や二度の失敗は当たり前なんだから」

「そうだけど。お兄ちゃん、試験は手応えがあったっていってたから、ぜったい受かったと思ってたのよ。せっかく監査法人にも合格してたのに、これで内定取り消し」

「それは残念ねえ……」

思い通りにいかないことが世の中にはいっぱいある。努力しても報われるとは限らないのだ。わかっていながら、美葉子の心もしだいに暗くなっていった。

すると、それを察したらしく鈴が明るい調子で応えた。

「でもね、お兄ちゃん、『落ち込んでる暇なんてないから、今夜から勉強がんばる』って言ってるの。『死に物狂いで勉強する』って。それでね、『来年はぜったい上位十位以内で合格してみせる』って断言したのよ。すごいでしょう」

「なんだ。啓介君、しっかりしてるじゃない。落ち込んでるのは鈴の方なんじゃないの」

「そうかもしれない……」

まな板に視線を落とした鈴が、小さな声で言った。

「お兄ちゃん、自分の勉強で大変なのに、夏休みに私の苦手な英語につき合ってくれたでしょう。ちょっぴり責任感じてるの」

「大丈夫。そんなことくらいで落ちたりしないわよ。鈴のせいじゃない。運が悪かっただけ。しっかりして、鈴だって受験生なんだから。せっかく家庭教師してもらったのに、鈴まで駄目だったら、それこそ啓介君に申し訳ないでしょう」

「そうでした」

「今日、塾は？」

鈴は大急ぎでタオルで手を拭いた。

「いま行きまーす」

美葉子が玄関に送り出したとき、改まった調子で鈴に言われた。

「お母さん、あのね、お兄ちゃんのおばあちゃんってね、料理がイマイチなの。おばあちゃんの名誉のために、いままで内緒にしてたんだけど——。煮物とか、天ぷらとか、そういうのはいいんだけど。昔ふうでね。なんていうか、ワンパターンなのよ。前にお兄ちゃんの誕生日ケーキをおばあちゃんが作ったとき、スポンジがかたくて、蠟燭を立てるのにキリで穴をあけたこともあるのよ」

美葉子はびっくりして目を見開いた。

「キリで……穴を……」

「それに比べるとお母さんの料理は天下一品でしょう。おいしい夜食も手作りで、私は日本一幸せな受験生なの。おばあちゃんたちって早く寝ちゃうから、お兄ちゃん、夜食は自分で作ってるんだけど、カップ麺ばっかりみたい」

「まあ、カップ麺を……」

「それでねえ、お母さん。あの……私の夜食を、少しお兄ちゃんに分けてあげてもいい？」

美葉子が訳知り顔で答えた。

「今夜から啓介君の分も作ってあげるわよ」

「ホント！　でも食費、大丈夫？」

「それくらい。なんでもないわよ。啓介君、気がねするといけないから、家庭教師のお礼だってことにしましょう」

「ありがとう！　そういってくれると思ってたわ」

「行ってらっしゃい」

「お母さん、大好き！　行ってきます！」

玄関のドアが閉まった。

六

理玖がいる特殊病棟は、一般のフロアーとは一枚のドアで遮断されている。そこには心臓移植に望みを託すしかない重症の患者たちが入院していた。

救急車、あるいはヘリコプターで、全国から運ばれてきた患者は、移動することで疲弊が激しく、持ち直すのに日数がかかる。ここに来るのにも命がけである。着いたその日に容体が悪化し、中には亡くなる患者がいる、という現実があった。

体調が整い、さまざまな検査を済ませ、あとは移植手術を待つだけ。しかしドナーが現れず、一年、二年と、日が過ぎていく。

こういう苛酷な現実を抱えた、機械の単調な音がかすかに響く特殊病棟の廊下は、あたかも鍾乳洞の中にいるような厳かな気配に包まれていた。

しかしこの静けさも、ドナーが現れたとなれば、打ち破られる。鍾乳洞が戦場に変わる。病棟中にアドレナリンが一気に走るのである。

十二月二十二日。

夕刻――。

理玖の病室を主治医の斎藤医師が訪れた。いつもは冷静な斎藤が、めずらしく興奮している。

「りっくん、ドナーが現れたよ」

理玖は言葉が出なかった。

「すぐ準備にかかります。ご家族にはこれから連絡します。ほかに報せたい人がいますか？」

理玖の声は震えていた。

「ミモザ館の…林田さんに…」


佐知が転がるように理玖の病室にやってきた。

「よかったわね…りっくん…」

理玖の手を取って、涙であとは言葉にならない。

「ありがとう…ございます…」

佐知の手を握りしめて、理玖もまた泣いていた。

しかしこの後、予想外のことが起こったのである。事務局の単純ミスで、待機リスト患者の順位の計算間違いが判明したのだった。

斎藤医師がふたたび病室にやってきて、そのことを理玖に告げたとき、理玖はにわかには信じられなかった。

「こんなことってあるんですか、先生」

「すまない……」

肩を落として詫びる医師に、理玖はいうべき言葉が見つからなかった。

手術は別の病院の待機患者が受けることとなった。喜びが大きかっただけに、落胆も大きかった。理玖の家族は悲嘆にくれた。

年に手術が四、五例の現状では、次にドナーが現れるのがいつなのか、わからない。

理玖は焦燥感を募らせていた。

何ヵ月後か？

何年後か？

それまで生きられるのか？

「希望を失わないで、りっくん。今度ドナーが現れたら、そのときは間違いなくりっくんの番なんだから。ここまでがんばったんだから、もうひとがんばり。がんばりましょう」

佐知の励ましも、むなしく感じられた。理玖はなかなか気持ちを切り替えることができなかった。

心が挫けると、免疫力も弱ってしまう。翌日、理玖は風邪をひき、熱を出してしまった。理玖のような重症患者にとっては、風邪も命取りになりかねない。クリスマスは一日中絶対安静で過ごした。

ところがそのクリスマスに信じられないようなことが起こったのである。この前のドナーが現れてからわずか三日後にもかかわらず、次のドナーが現れたのだ。

本来なら今度こそ、移植を受ける順番は理玖であった。しかし風邪をひいていたために、手術はまたも見送りとなった。理玖よりあとの患者に回されてしまったのである。クリスマスツリーを眺めながら、理玖は無念の涙を流した。

その翌日、恐れていたことがついに起こった。補助人工心臓に血栓ができ、それが脳に飛んだのである。

理玖は脳梗塞を起こした。

七

「お兄ちゃんとこ行ってくるね」

　午前零時。トレイを手に鈴が言った。そこには湯気の立つ二人分の夜食が載っていた。

「行ってらっしゃい。それじゃお母さんは先に寝るわね。お休み」

「お休みなさい」

　受験生にはクリスマスも正月もない。冬休みの間ずっと鈴は受験勉強に集中していた。国語、数学、社会は、まずまずの点数なのだが、不得意な理科が足を引っ張ってしまう。それに英語では相変わらず悪戦苦闘していた。どんなに勉強しても、苦手意識が消えないのである。希望校の競争率はおよそ五倍。模試の結果はいつも合格圏内ぎりぎりだった。楽観はできない。

　そんな鈴にも、息抜きのときが二つあった。趣味のビーズ作りと、隣の啓介とのひとときである。

「こんばんは」

真夜中なのでチャイムは鳴らさない。この時間帯、三〇七号室の鍵は鈴のために開けてあった。

「お兄ちゃん。鈴です」

啓介の部屋は玄関脇の六畳間だったが、鈴が行くと茶の間のこたつで勉強していた。いつもの光景である。机よりこたつの方が落ち着くらしい。

「今夜のメニューは何かな？」

「蟹ワンタン雑炊。熱々だよ」

「やった！　これであと四時間はがんばれる」

「はかどってる？」

「バッチリ」

襖の向こうでは啓介の祖父母が床に就いていたが、二人とも耳が遠かったので、話し声を気兼ねする必要はさほどなかった。

部屋にはいつものようにラジオの深夜放送が流れていた。

「いつも思うんだけど、お兄ちゃんって、ラジオ聴きながらよく勉強できるね」

二人は夜食を食べながらお喋りを始めた。

「いい音楽聴いてると、勉強ものってくるんだ。ラジオって、メジャーじゃない曲もかかるときがあるだろ。ヒットしてなくたって、いい歌っていっぱいあるし、掘出物と出会えるんだよ。それにオレが聴いて『いいなあ』って思ってた曲がヒットしたりすると、『やっぱりオレさまは聴く耳がある』って、いい気分になれる。一口にラジオを聴くといっても、奥が深いんだぞ」

「鈴は静かな部屋でないと。集中できない」

「オレにいわせれば、静かなところでよく勉強できるねって思う。図書室みたいな部屋で。感心するよ」

「図書室っていえば、この前、学校の図書室で大声でお喋りしてる子がいてね、びっくりしちゃった。それなのに誰も注意しないの。どう思う？」

「けしからんね。やっぱりオレが総理大臣にならないと、日本の政治はよくならないか」

「政治とこれって関係ある？　それにお兄ちゃんは、総理大臣じゃなくて公認会計士になるんでしょう？」

「そうでした」

二人は顔を見合わせて笑った。

いつもの三〇七号室の深夜の風景である。

「お兄ちゃん、頭いいんだから、お医者さんになるっていう道もあったのに。どうして医学部目指さなかったの？　お兄ちゃんがお医者さんになったら、鈴は看護師になるんだから、将来一緒の病院で働けたかもしれないのに」

　すると啓介が暗い顔で言った。

「オレ、医者、嫌いなんだ」

「どうして？」

「小さいときのトラウマ」

「トラウマ？」

「小さいとき、オレ、けっこう大きな病気をしたらしいんだ。入院して、毎日注射されて。それ以来、散髪屋に連れて行かされると、泣いてたんだって」

「どうして？」

「理容師って白衣着てるだろ。医者と間違えたらしい」

　鈴が大きな笑い声を上げた。

「かわいいー！」

「だから、オレは医者にはならない。いまでも注射は大嫌い」

「鈴が看護師になったら、痛くない注射をして、お兄ちゃんのトラウマを治してあげる」

「痛くない注射なんてないよ」

「練習してがんばるから。そうだ、お兄ちゃんに練習台になってもらおうっと」

「なにそれ！」

深夜のあけぼの団地。灯りがついた三〇七号室の茶の間。

鈴の息抜きのひとときが過ぎていく。

八

鈴のもうひとつの息抜きである、ビーズ作りを始めたのには、あるきっかけがあった。もともと鈴は手芸が好きだった。手芸店の前を通ると素通りできないのである。シフォンの布、アルパカの毛糸、真っ赤なリリアンが、「私を見て」「来て」「触って」と鈴を呼んでいる。買わないとわかっていても、中に入らずにいられなかった。鈴の小遣いで買えるものは限られていたので、安売りのときに毛糸や端布をまとめ買いして、小物作りを楽しむのがせいぜいだったのだが。

ビーズにも長い間憧れていた。きらきら光る色とりどりのガラスはどれも宝石のような輝きを放っている。動物や小鳥を作ってストラップにしている友だちがいたが、鈴が惹かれたのは、リングやブレスレットやネックレスのようなビーズアクセサリーだった。

けれど気に入った作品を作るには道具からそろえなければならない。材料キットも高価だったし、鈴には手が出なかった。

ある日、近くの公民館でバザーが行なわれていた。いいお天気だったし、散歩ついでにのぞいてみると、出品された中にビーズアクセサリーの本と材料キットがあった。

鈴が本を手にとって見ると、定価一四〇〇円が二〇〇円。隣の定価一五〇〇円の本も二〇〇円。材料キットに至っては、定価で四八〇〇円のネックレスや六三〇〇円もするブレスレット、それに類する品の数々が、一律なんと一〇〇〇円で売られているではないか。信じられないような破格の値段である。

店番をしているのは、ショールを羽織った痩せたおばあさんだった。曲がった長い鼻が魔法使いみたいだ。

鈴は恐る恐る切り出した。

「あの……これ、とっておいてもらえませんか？　いま七〇〇円しか持ってないんです。家に帰ってお金とってきますから」

おばあさんはにっこり笑うと、冗談めかして言った。

「家に帰ってブタの貯金箱を割るの？」

「はい。でもブタじゃなくて猫の貯金箱ですけど」

鈴が真剣に答えたので、おばあさんの顔は真顔になった。

「お嬢ちゃん、ビーズ好きなの？」

「はい。ずっとやってみたいと思ってたんです」

「やったことないの？」

「初めてです」

「じゃあ、これもおまけにあげるよ」

足元のダンボール箱から本を一冊取り出すと、鈴に見せた。ビーズ作りの初心者用の本だった。

「貯金箱のお金はほかのことに使いなさい」

おばあさんは大きな紙袋を出して台の上に広げると、その中に本と材料キットを残らず詰めて、鈴に渡した。

「いくら持ってるんだった？」

「七〇〇円です」

「じゃあ、全部で七〇〇円」

「本当にいいんですか？」

鈴が財布から七〇〇円を支払うと、おばあさんは、

「毎度ありがとうございます」

と言って、マリリン・モンローみたいなウインクをした。

こうして始めたビーズ作りだった。

本を見ての自己流だったが、イラストつきで丁寧に解説してあったので、説明通り

に作っていくと、きちんと仕上がった。

最初に挑戦したのはリングだった。どれを選ぶか迷うほど、基本のテクニックで作れる六種類のリングは、みな愛らしかった。

これまでは店で眺めていただけ、本も立ち読みがせいぜいの知識だったが、実際にビーズの世界に入門してみると、その奥の深さに鈴は驚かされた。

まずはビーズの種類の多さである。

ビーズとひとくちにいうが、その形や材質、また色の多様さは、はかり知れなかった。

米型にカットされたカットガラスビーズ。算盤の形にカットされたクリスタルビーズ。四角くカットされたスクエアビーズ。丸い形の丸小ビーズ・丸大ビーズ。切りっぱなしの小さく角張ったシートビーズ。シルバーを加工して作ったシルバービーズ。天然石を細かくカットして磨いた天然石ビーズ。暖かみのある可愛らしい色と形をした珊瑚のビーズ。ネックレスやイヤリングによく使われる、花や葉っぱの形をしたデザインビーズというのもあった。

たとえばパールひとつをとってみても、まん丸いベビーパール。楕円形をした淡水パール。貝のようなガラスパールなど、いろいろな種類があり、白、オレンジ、青、ピンク、スモークグレイ、黒など、カラーバリエーションも豊富なのである。

また同じクリスタルビーズの中でも、光が最も美しく反射されるように多面体にカットされたスワロフスキー、スワロフスキーよりも丸みのある形にカットを加えたファイヤーポリッシュなど、名前が別だった。

それに加えて、色の種類の多さといったら――。

ビーズアクセサリーでは、形と素材とともに、最も重要なのが色である。モノトーン、青系、グリーン系、赤系、イエロー系、茶系、紫系。これらの色を種々に合わせて作品を創るのである。

シックな大人のイメージのモノトーン。フェミニンな雰囲気の紫。同系色でも濃淡の違いで印象が変わる。子どもっぽい黄色はゴールドと合わせると高級感が強まった。トーンを抑えたピンクにはライトピーチシャンパンで上品に。甘いイメージになりがちな赤は、黒と合わせると引き締まる。落ち着いた雰囲気のガンメタカラー。ターコイズカラーの凛とした色。ひとつひとつの色に性格があり、色合わせによって、モダンになったりキュートになったり、シックになったりゴージャスになったりした。

アクセサリー作りに欠かせない、金具や留め具やワイヤーも、素材や色、大きさと、種類が豊富であった。

ブレスレットやネックレスの留め具に使うカニカンは、形が蟹の鋏に似ているのでこの名がついている。ほかにイヤリング金具、ブローチ金具、ピアス金具、バレッタ金具。天然石やビーズをはめ込んで使う台座、指輪の土台などに使うシャワー台、ジョイント金具、ベルト金具などがあった。ワイヤーには、ステンレスワイヤー、シルバーワイヤー、真鍮ワイヤーなど種類がさまざまあり、作品のデザインや色によって選ばれた。

またクラシカルな雰囲気が漂うデザインパーツにも、いろいろな種類がそろっていた。彫り模様の入ったカレンシルバー。クスラブと呼ばれる留め金。アンティーク調のデザインパーツ。粒状メタルパーツ。ビンテージ風パーツ。透かし模様のような繊細なデザインの飾りパーツ。ほかにもいろいろなタイプのリング金具があり、作品をひきたてる重要な要素であるチェーンも、多種多様そろっていた。

作品作りの道具には次のようなものがあった。

丸ペンチ、平ペンチ、ニッパー。ビッグアイと呼ばれる糸通し針、テグスといわれるナイロン製のひも。ワイヤー、グリフィン糸。ヌバックのひも、細ひも。普通サイズのひも。Tピン、9ピン、ヘッドピン。パーツ同士をつなぐときに使うCカン。Cカンには色や大きさにいろいろな種類がある。

これらを本でひととおり学び、リングを作り終えた後、次に鈴が挑戦したのは、ブレスレットだった。手始めはビーズを色別に分けてテグスに通していくだけの簡単なものにした。

まず、本を開いてCカンの開け方から学んだ。平ペンでCカンの切れ目の先をはさみ、前後に開く。閉じるときも前後に動かし、隙間ができないように閉じる。開き方を間違えると、形が崩れてしまうので、注意が必要だった。

熱中すると時間を忘れる。受験勉強に支障が出てはいけないので、一回の製作時間は三十分以内と決めていた。

「綺麗ねえ」

美葉子が鈴のブレスレットを見て、うっとりしたようにつぶやいた。

「いつかお母さんにも作ってあげるね」

「自分で作ったの？」

「勉強の息抜きにね」

「こんな細かい作業、よくできるわね。お母さん、見てるだけで肩こってきちゃう」

「お母さんはじっとしてるの駄目だもんね」

「根詰めないで。体だけは大事にね」

鈴が笑顔で応えた。

「だから息抜きだって。大丈夫。お母さんの栄養の詰まったご飯、毎日食べてるもん。健康だけは誰にも負けないから」

九

リハビリテーションとは、本来医学用語ではない。この言葉は、中世においては、領主や教会から破門された人間が、赦されて復権することを意味していた。たとえばかの有名なジャンヌ・ダルクの場合がそうである。

オルレアンの少女、ジャンヌは、異端として英軍に捕らわれ、一四三一年五月三十日に火あぶりの刑に処せられる。だが、およそ二十年後、シャルル七世によって裁判の再審理が命じられ、法王カリクストゥス三世が以前の判決を取り消した。それからさらに五百年を経た一九二〇年、ジャンヌ・ダルクは法王ベネディクトゥス一五世によって今度は聖徒の列に加えられる。ジャンヌの処刑日の五月三十日に教会がお祝いをし、ついでこの日が国家の祭日と定められるに至った。

これがジャンヌ・ダルクのリハビリテーションといわれるものである。

このように、人間であることの権利・尊厳が、何かの理由で否定され、人間社会からはじきだされたものが復権するのが、リハビリテーション本来の意味である。

今日、この言葉にはいろいろな定義が与えられている。代表的なのは一九四一年、アメリカの全国リハビリテーション評議会が唱えた次の定義である。

「障害者が身体的・心理的・社会的・職業的・経済的有用性を最大限に回復すること」

　理玖は脳梗塞を起こした後、一命はとりとめたものの、右半身麻痺になり言語障害も起こした。


——もうここまで！　耐えられない……。

——こんなにまでして、生きていたくない！

——なぜ、ぼくなんだ？　ぼくがなにをした？


　怒りに襲われ、抑うつに陥り、自暴自棄になりそうな理玖を救ったのは、怜泉循環器病センターのリハビリテーションのチーム医療だった。

　医師を要として、看護師、理学療法士、作業療法士、言語療法士、心理士、ソーシャルワーカーらが、協力して全力で理玖のリハビリテーションにあたった。彼らはこういう場合に備えて特別の訓練を受けた、患者が人としての尊厳を復権させるというリハビリテーション本来の理念を実践しているプロ集団であった。

「りっくん、大丈夫。あなたの障害は軽いのよ。訓練しだいでもとに戻せる。きっとよくなるわ」

「本人がよくなりたいと思う気持ちがいちばん大切なんだよ。一緒にがんばろう。ぼくたちもがんばるから」

「あきらめないでがんばれば、ギターも弾けるようになるよ。新しい歌をつくるんだろう」

「希望を失わないでいれば、いまにきっとドナーも現れるから」

彼らの励ましで、理玖は生きようとする意欲をふたたび取り戻した。

毎日の訓練をがんばっていると、成果が少しずつ見られるようになった。顔を洗えるようになり、歯磨きができるようになった。箸を扱えるようになり、字も書けるようになった。ろれつが回らない話し方も改善されてきた。

佐知も時間をやり繰りし、できるかぎり病室に理玖を見舞った。

「これを見て」

ある日、佐知が一枚の色紙を理玖に見せた。

そこには和歌が書かれていた。

わするなよほどはくもゐいになりぬとも
そらゆくつきのめぐりあふまで

「綺麗なかな文字でしょう。これを書いた方はここで心臓移植の待機をしておられたの。移植待ちの中で血栓が飛んで脳梗塞を起こして右半身が麻痺。りっくんと同じね。リハビリを頑張って字が書けるようになったのよ。そのあと移植の順番が回ってきて、手術は無事成功。小島征佐（せいさ）という名でね、いまは書道の先生になっておられるわ」

　理玖が回りにくい舌でつぶやいた。

「しょ、しょろうの、しぇんしぇい…」

「そうよ、お弟子さんがいっぱいいるの。立派な先生」

　理玖は興味深そうに色紙を眺めている。

「この歌の意味はね。『私のことを忘れないでください。私たち二人のあいだは、はるか遠くにへだたっても、空を行く月がめぐるように、またふたたびめぐり逢うときがくるまで』。再会の望みを月が運行するのにかけてるの。紀貫之の歌よ。恋人との別れを歌ったものかもしれないけど、親子や夫婦、友達との別れかもしれないわ。相手が誰なのか、どういう別れなのかわからないけど、大切な人との別れだってことははっきりしてるわね。――かな文字の和歌って、途中で墨を足さないで書くそうなの。色が薄くなっても、墨を足したいのをぐっと我慢して、我慢して、我慢して書き続けていると、かすれたところに味わいのある、深みのある字になるのよ。この字みたいにね。それにね……」

佐知は床に置いていた楽器ケースから小型のハープを取り出すと、ベッドに置いた。

「小島さんにりっくんのことを話したら、このハープをりっくんにプレゼントして下さいって。小島さんの息子さん、楽器づくりがお仕事なの。小型だから扱いやすいし、リハビリの助けにもなるからと言われて。『がんばって。応援してます』って。小島さんからのお言付けよ」

理玖はハープを抱きしめた。

「あ…り、がと…う」

十

美葉子のこれまでの人生はずっと働きづめだった。家計のこともあったが、健康でじっとしているのが苦手な美葉子には、働くことが苦にならないのである。仕事が終わって家に帰ってきても、夕食の支度を終えると、窓を磨いたり、冷蔵庫を拭いたり、漬物の糠をかき回したりして、動き回っている。いつも何かしら仕事を見つけては、少しも休む間がなかった。

けれどここ数カ月来の美葉子は違っていた。仕事が一段落すると、お茶を淹れ、テーブルやこたつでときを過ごすのである。それは山部慎一の著作を読むためであった。山部の写真集と出会って以来、美葉子は彼の写真の熱心なファンとなった。彼のエッセイを読み始めたのも、カメラマンの素顔を知りたいという、ファンならではの心理からである。

エッセイを読んで知ったのだが、山部はノルウェーの小さな島にも住まいを持っていて、日本とノルウェーを年中行ったり来たりしているらしい。ここのところ姿が見えないのは、おそらくノルウェーで暮らしているからなのだろう。

それまで気にとめたことがなかったが、そういえば「わかさ」でも、ずっと姿が見えないと思っていたら、またふらりと来始めて、そのあとまた何ヵ月かすると来なくなって。忘れかけた頃にまたやってきて。その繰り返しだった。

今日も美葉子は、塾に行った鈴の帰りを待つ間、こたつで山部の写真集を眺めていた。こたつにはもう一冊『北欧便り』という山部のエッセイを一冊にまとめた本が載っていた。

山部慎一の写真集はこれまでに四冊、エッセイ集は七冊出版されている。美葉子は少しずつ買い求めていった。全部そろっていないのは、あとの楽しみに残してあるからである。

鈴は普段から本をよく読む、いわゆる文学少女だった。これには本好きの啓介の影響が大きい。親の美葉子はといえば、好きな料理の本を眺めるくらいがせいぜいのレベル。小さいときから美葉子は、本を読み始めると途端に眠くなってしまうという癖があった。

「お母さん、本ってね、眠れない夜しか読まないの」

美葉子の言葉に、鈴は訳知り顔で応えたものである。

「読み始めると、すぐに眠くなるからでしょう。結局お母さんには、眠れない夜なんてないのよね」

そんな美葉子だったが、山部の本を読んでいるときは不思議と眠くならなかった。山部の文章は簡潔で、生き生きとしており、北欧に対する憧れに満ちていた。

山部は牧師の息子で、家族ぐるみで交際していたノルウェー人宣教師を通じて、子どもの頃から北欧に強い憧れを抱いていたという。

白夜・オーロラ・森と運河・氷と雪――童話の中から抜け出たようなこの美しい国に行ってみたい。

出版社に勤めて二年目に、山部は一念発起して三週間の休暇をとってノルウェーに行く。空港に降り立った途端、日本との違いをはっきりと感じた。それはたとえるなら、空気のやわらかさというようなものだった。薄衣のような軽やかさと透明感のような感触が、辺り一面に満ちている。

滞在中、山部は、フィヨルドの雄大さに心奪われ、真夜中の太陽に感激した。静寂さを秘めた湖・ダイナミックな滝・村の素朴な教会・お伽の国のような綺麗な街並み――初めて訪れたノルウェーは、想像以上に美しい国であった。

たくさんの写真を夢中になって撮った。しかし被写体に腕が追いつかず、悔しい思いをした。帰国したら写真の勉強を始めよう、語学ももっと本格的に、と、帰りの飛行機の中では、次の渡欧のことばかりを考えていた。

帰国してから山部は、ノルウェーに住みたいと本気で考えるようになり、領事館に出向いたり、関係者に尋ねまわったりする。その結果、ノルウェーの国費で留学できる制度があることを知った。試験は英語。合格枠は一年に二人だけ。

山部は敢然と挑戦し、そしてパスした。

「そのときの嬉しさといったら！」

エッセイを読んでいる美葉子まで、嬉しくなってきてしまった。

まっすぐな山部の性格、ひたむきな情熱――。

八月にオスロの国立の青年学校に入学。そこは芸術技術を習得するための学校で、山部は写真の学科を選んだ。一学年が男女合わせて一〇〇人ほどで、クラスにはドイツ人とインド人の留学生がいたが、日本人は山部一人だった。

クラブ活動は、言葉を早く覚えることと、仲間づくりを目指して、コーラス。外国人特別クラスでは、毎朝一時間、英語でノルウェー語を習った。

はじめは言葉がなかなか聞き取れず、苦労をしたが、クリスマスを越えた頃に、なぜか一挙にわかってきた。その後は、何を聞いても、誰が話しても、理解できた。ベッドで見る夢もノルウェー語だった。

山部は日本人を見たことがないという、ある小さな村の小学校に招かれたことがある。日本を紹介するということだったので、一張羅の浴衣を着ていった。

とはいうものの、外はマイナス二十度である。滞在先の家から小学校は歩いて五分の距離だったが、山部は浴衣の上にカーディガンを羽織り、コートを着込み、長靴を履いていった。

おみやげに持参したおかきを「お米のクッキーです」と差し出すと、子どもたちはこわごわ手をのばしていたが、口に入れたとたん、「おいしい！」と喜んで食べてくれた。

このとき山部はノルウェー語の習得がまだ十分ではなかった。だが日本人の代表になった気分で、はりきって子どもたちの質問に答えた。

「日本の広さは？」

「国土の面積はノルウェーとほとんど同じです」

「日本の人口は？」

「ノルウェーは四百万人だから、日本はおよそ三十倍です」

「三十倍！」

子どもたちは驚きの声をあげた。

「立って寝るの？」

「電車で寝るの？」

「そうです。日本人はよく電車で寝ます。満員電車ではぎゅうぎゅうに詰め込まれるので、ものを落としても引っかかって下に落ちないんです」

子どもたちは唖然と顔を見合わせた。その村では電車に人も自転車も犬も乗る。サイクリングにいって帰りは電車というのが普通の生活である。満員電車なんて感覚的にわからなかった。しかも電車で寝るなんて！

山部はそのエピソードをこうしめくくっていた。

「言葉が通じない勘違いがありました。あの村の小学生たちは、日本人は電車で立って寝る、と思っているかもしれません」

エッセイには留学中のさまざまな体験が綴られていたが、美葉子のお気に入りは次の話だった。

山部がノルウェーで初めて迎えたクリスマスについて書いたものである。

「煌めくイルミネーション、キャンドルの火、音楽、握手、抱擁。灰色の雲と厚い雪に閉ざされた暗欝な日常を突き破って、突然目の前に、ありとあらゆる色が躍り出たかのようでした」

エッセイはこういう書き出しで始まっていた。

「人々を招いてのホームパーティは、ケーキの数でウエルカムの気持ちを表すといわれているお国柄だけに、その数も半端ではありません。クリームをたっぷりと使ったブローテカーケ、洋酒をふりかけたキリッシュトルテ、チョコレートケーキ、フルーツケーキ、チーズケーキ、ババロアケーキ、マーブルケーキ、アップルケーキ、アプリコットケーキ、加えて苺やカボチャや洋梨のパイにタルトにゼリー。テーブルに並んだ大皿の数はゆうに十を超えます。クリスマス休暇の間に五キロ太るのは、この国では当たり前のことなのです。

暖炉が燃える部屋に天井まで届きそうなツリー。その下にはゲストが持ち寄ったプレゼントの山。蠟燭の明かりのもとで、聖書の朗読が始まります。ピアノを囲んでの賛美歌の合唱。十人集まると、その中には楽器ができる人が不思議と必ずいました。ヴァイオリン、ときにはフルート、別の家ではギター、ピアノの音色が部屋を包みます。ご馳走を食べ、お喋りを楽しみながら、もらったプレゼントを一人一人発表して明け方まで過ごすのです。

それは驚きと新鮮な日々の連続でした。キリストの誕生を祝う本当の意味での『クリスマスの喜び』というものが、キリスト教国であるこの地にはあるのです」

クリスマスの喜び。

美葉子は目を閉じて、遠い異国に思いをはせた。

賛美歌の歌声が響く部屋。

キャンドルの火。

人々の笑顔。

教会の鐘の音が聞こえるような気がした。

十一

「誕生日が受験日だなんて、いいのか悪いのか」

「ついに運命のとき、きたる、だね」

　啓介と鈴はいつものように三〇七号室の茶の間のこたつにいた。だが夜食を食べているのは啓介だけだった。鈴は今夜は早く眠る。明日が看護学校の受験日だからだ。その日は鈴の十八歳の誕生日でもあった。

「ものは考えようだよ。誕生日の次が受験日だったら、バースデーケーキが喉を通らないだろ」

「大丈夫。鈴、ケーキが喉を通らないなんて、ありえないから」

　啓介は笑いながら箸をもつ手を休めずに言った。

「おばさんが作るケーキって最高だもんな」

「キリで穴開けないしね」

「それはいわない」

「ごめんなさい。おばあちゃんだって努力したんだもんね」

「そう。料理はイマイチだけど、おばあちゃん、ダンスはうまいんだよ」

「ダンス？　そんなこと初めて聞いたわ。ダンスって、どんな？」

「社交ダンスだよ。ワルツとかタンゴとかジルバとか。おじいちゃんもダンスがうまくてね、二人はダンスクラブで知り合ったんだ。知り合ったとたん意気投合して、いろんな大会にペアを組んで出場したらしい」

「信じられない！」

「だろ」

「それで、大会では何位だったの？」

「おじいちゃんは優勝したこともあるっていうんだけど、ホントかなあ。おばあちゃんは笑ってるだけ。でもいいせんいってたのは間違いないよ。押入れの中にトロフィーとか記念品とかあるから」

「すごーい！　今度見せて」

「いいけど、二人とも年取って、足腰がすっかり弱ってきちゃってるし。いまとなっては伝説だよ」

鈴が夢見るように両手を組んでつぶやいた。

「社交ダンスだなんて、ステキだなあ……」

「でもオレとしては料理がうまい方が助かる。おばさんってホントに料理が上手だよね。夜食もいつだって栄養たっぷりで、とびきりうまくてさ。オレ、すごく感謝してるんだ」

「お母さんに伝えとく。でも明日からお兄ちゃんの夜食は鈴が作るのよ」

びっくりして啓介は丼から顔を上げた。

「なんで！」

「花嫁修業」

すました顔で答えた鈴を、啓介はからかった。

「鈴ちゃん、お嫁にいくんだ。いつ？」

「信じられない。普通、『誰と？』でしょう」

「誰と？」

「内緒」

「オレが知ってる人？」

「教えない」

「クラスの高垣君？」

「まさか」

「サッカー部の新堂君？」

「あの人はパス」

「生徒会の吉沢先輩？」

「違うったら」

「塾の三崎先生」

「三崎先生には奥さんがいるの」

「化学部の町田君？」

「お兄ちゃんたら、しつこい」

啓介はまじめくさった顔で迫った。

「白状しなさい、鈴」

姿勢を正した鈴は、大まじめに答えた。

「お母さんとの約束なの。受験が終わったら料理を教えてもらうって。合格したら寮生活でしょう。お母さんと暮らせるのもいまのうちだけかもしれないから」

「そうか」

「お兄ちゃんは実験台だよ」

「実験台？」

鈴が茶目っ気たっぷりに頷いた。

「鈴がお嫁にいくまでの」

翌日の気温はこれまでと違い一気に零度を下回った。あけぼの団地の隣の畑には一面に霜がおりている。灰色の空を雪が舞っていた。

朝の食卓で美葉子が笑顔で言った。

「お誕生日おめでとう、鈴」

「ありがとう、お母さん。でも正直いって、今日はそれどころじゃないって感じ」

「試験が終わらないと、ね」

「うん」

「いよいよね」

窓硝子がパウダーシュガーをふりかけたように白く曇っている。ストーブの上ではやかんが音をたてていた。

「それにしても、ねえ、お母さん、どうして今日はこんなに寒いのかしら。今年は暖冬だったはずなのに」

「鈴が生まれた年もそうだったわ。暖かい冬だったのに、急に冷え込んできて。鈴が生まれたお昼頃から雪が降り始めたのよ。見る見るいっぱい積もって」

「電車が動かない、タクシーもつかまらないしで、お父さん、病院まで七キロも歩いて来たんでしょう」

「雪まみれで、雪だるまみたいになってね。生まれたての鈴を見て、それは嬉しそうだったわ」

美葉子はそのときを思い出して幸せそうに笑った。

「おかげさまで、そのときの赤ちゃんも、本日『花の十八』になりました。『番茶も出ばな』よね。お母さん」

「番茶じゃないわよ。麦茶でも烏龍茶でもない。鈴はお母さん似なんだから。煎茶の中でも」

「高級玉露」

「その通り」

二人は顔を見合わせて大笑いした。

「雪、ずっと降るのかなあ。傘もっていった方がいいわね」

「天気予報じゃお昼から本格的に雪よ。一日中冷えるっていってたから、寒くないようにして行きなさい」

「はーい」

美葉子は玄関で弁当を鈴に渡した。今日は特別に鈴の好物ばかりを作って詰めてある。

「チョコレートも別に入れておいたから。甘いものを食べると脳がよく働くのよ」

「ありがとう」

「がんばって」

「うん。がんばる」

帽子に手袋、マスクにマフラーの完全防備で、鈴は受験会場に向かった。

十二

その夜――。

夜食のトレイを手にした鈴が三〇七号室の玄関を開けた。

「お兄ちゃん、鈴です」

茶の間に入った鈴は、啓介の顔を見るなり頭を下げた。

「駄目だった。ごめんなさい」

啓介の顔は一瞬緊張した。が、すぐに笑顔を作って応えた。

「そうか、仕方ない。来年もあるさ。鈴ちゃんは一生懸命によくがんばったよ」

「そうじゃないの。疲れて夜食が作れなかったの。今夜から鈴が作るって言ったのに。ごめんなさい、お兄ちゃん。これ、お母さんが作った煮込みうどんよ」

啓介はほっとためいきをついた。

「なんだ、そのことか」

二人はこたつで向かい合った。

「で、試験の出来は？」

「まああじゃないかな」

「なのに浮かない顔?」

「面接が……どうも、ね」

「面接?」

「ナースとしての適性をみるためだって、わかってたんだけど、鈴、しくじっちゃったかもしれない。『看護師を志した動機は?』『人の役に立つ仕事に就きたかったから』で、マル。『家族構成は?』『母と二人暮らし。助け合って仲良く暮らしています』で、OK。『趣味は?』『読書と手芸』で、無難でしょう。『長所は?』『健康なこと』。そこまではよかったんだけど、性格について尋ねられたとき、試験官がとっても話しやすい人だったんで、考えなしに、本当のこといっちゃったの」

「どんなこと?」

「友だちといるのもいいけど、『一人でいる方が好きです』とか。『人と群れるのは苦手です』とか。そしたら、『寮生活は大丈夫かな?』とか。『看護師は人を相手にする仕事だし、チームワークが求められるから、協調性は大切なんだよ』って。もちろん、そんなことはわかってるから、あとで一生懸命フォローしたんだけど。上がっちゃって。うまく話せなくなって……あとの祭りだったかも」

「学科ができていれば大丈夫だよ。心配ないって」

「でも、ショックで……」

　張り詰めた気持ちがゆるんだらしく、「お母さんには言えなかった……」とかすれた声で言うと、鈴は涙をこぼした。

「面接っていうのは、人柄をみるものだから、マニュアル通りの答えより、正直な言葉の方が、試験官は好印象をもつとオレは思うよ」

「そうかなあ」

「そんなことで弱気になるなんて、鈴ちゃんらしくない。元気を出せよ」

「うん」

「もし仮に、仮にだよ、鈴ちゃんが言ったそんなことが理由で不合格にするようなら、こちらから願いさげだよ。そんな学校は鈴ちゃんにふさわしくない」

　鈴はティッシュで涙を拭いている。

　啓介は確固たる声で言った。

「だって鈴ちゃんはオオカミなんだから」

「そうだね」涙の残った鈴の顔が笑顔になった。「鈴はオオカミだもんね」

　十歳の鈴の誕生日に、啓介がプレゼントした『やっぱりおおかみ』という絵本がある。二人はこのことを言っているのだ。

絵本には一匹の子どものオオカミが描かれている。
最初のページにはこういう文が載っていた。

おおかみは　もう　いないと
みんな　おもっていますが
ほんとうは　いっぴきだけ
いきのこって　いたのです
こどもの　おおかみでした
ひとりぼっちの　おおかみは
なかまを　さがして
まいにち　うろついています

どこかに　だれか　いないかなあ
オオカミは仲間を求めて、一日中いろいろなところを歩き廻る。
うさぎの住む街、山羊が集まる教会、豚がいる市場。
みんな　なかまがいるから　いいな

すごく　にぎやかで　たのしそうだ

やがてオオカミは鹿がいる公園に辿り着く。
鹿の親子や友達同士がたのしそうに遊んでいる姿を見て、オオカミはうらやましく
思った。

もしかして　しかに　なれたら
あそこで　たのしく　あそぶのに

けれどそこには鹿しかいない。
オオカミは仲間になれないのである。

おれに　にたこは　いないかな

黄昏になり、夜が訪れようとしている。明かりの点いた家をのぞくと、牛の家族が
仲良く夕食を食べていた。それを見て、オオカミはしみじみと思う。

おれに　にたこは　いないんだ

そして深夜、オオカミは墓場に来て、そこで一夜を過ごすのである。夜が明けて、ビルの屋上から気球を飛ばしたオオカミは、ようやく悟ったように言う。

やっぱり　おれは　おおかみだもんな
おおかみとして　いきるしかないよ

最後のページの、青空の上に描かれた結びの言葉はこうである。

そうおもうと　なんだかふしぎに
ゆかいな　きもちに　なってきました
　　ささきまき『やっぱりおおかみ』福音館書店より一部抜粋

この絵本は鈴の一番のお気に入りだった。
「お兄ちゃんにもらった『やっぱりおおかみ』の絵本。嬉しかったなあ。やっぱりお兄ちゃんは鈴のこと、いちばんわかってるって、感心した」

啓介は照れているのか、顔を上げずにうどんを食べている。

「話は変わるけど、うちのお母さん、なんと読書を始めたのよ」

「おばさんが、本を？」

「びっくりでしょう。写真集を眺めたり。その写真を撮ったカメラマンのファンみたいなの」

「なんていう人？」

「えー、山……部。何だったかな、なんとか一」

「山部慎一？」

「あ、そうそう。山部慎一。お兄ちゃん、知ってるの」

啓介は箸を置いて、腕を組んだ。

「世界的に有名な写真家だよ。新聞にエッセイなんかも載ってるよ。実はオレもファンなんだ。横浜で写真展があったとき、行ったことがある。山部慎一の写真って、物語性があって、なんていうか、心がゆさぶられるんだ。あの人、基本的にノルウェーに住んで仕事をしてるんだけど、日本にも家があってね。日本の家は藤沢だよ」

「藤沢！」

「びっくりだろ」

「もしかして、お母さん、この人と知り合いだったりして」

「そんなこと、おばさん何か言ってた？」

「ううん。なんにも言わない」

「この辺りって有名人が多いから、不思議じゃないさ」

「そうだけど……」急に鈴が何かを考え込むように言った。「この人って何歳？」

「たしか五十いくつのはず」

「独身？」

「はっきりとは知らないけど、たぶん、そうなんじゃないかな」

「ふうん、たぶん、なんだ……」

「それがどうしたの？」

「ねえ、お兄ちゃん。私が寮にはいったら、お母さんはひとりぼっちになるでしょう。男友達でもできたら、寂しくないかなあって、そんなふうに思ったの。こんな有名人は無理でも。お母さんって、今年の十一月で五十だけど、まだ綺麗よね」

「そんなこと思ったんだ。大丈夫。おばさんはすごく若く見えるし、十分綺麗だし」

「働き者だし、お茶目だし」

「オレが保証するよ。あんなおいしいご飯が毎日食べられるなら、男友達どころか、再婚相手にだって困らないって」

「それはダメ」

「再婚には反対？」

「反対じゃないけど……。そりゃあ、鈴だっていつまでもお母さんを独占するつもりはないけど。もう小さな子どもじゃないんだから、そんなことをしちゃダメだってわかってるけど。でも、もうちょっと待ってほしい。もうちょっとだけ、鈴だけのお母さんでいてほしいの」

啓介はにっこり笑って鈴の頭に手を置いた。

「甘えん坊のオオカミだ」

十三

看護学校の合格発表の日の午前九時。

インターネットの数字を、鈴は一心に追っていた。

二〇八九が鈴の受験番号である。

二〇八〇、二〇八一、二〇八二の次は二〇八七だった。四人も落ちている。二〇八八もない。そして、二〇八九。

あった！

受験票と何回も見比べ、番号が間違っていないか確認すると、鈴はケイタイ電話を手にした。

結果がわかったら「わかさ」に電話するという約束だったからである。

「お母さん、鈴です」

「……鈴、どうだった？」

「合格したよ」

「合格した！」

歓声とともに「おめでとうございます」「よかったですね」とさかんに言っている声が受話器の向こうから聞こえてきた。店の人たちも一緒に返事を待っていたようである。

「おめでとう、鈴！　本当におめでとう！」

「ありがとう」

「よくがんばったわね。今夜はごちそうよ」

「毎日ごちそうだよ。お母さん、ありがとう。お母さんのおいしいご飯のおかげで、無事合格できました」

「……」

「お母さん？」

電話口で美葉子は泣いているようだった。

急に鈴は胸が熱くなってきた。

「じゃあ、お兄ちゃんにも知らせるから」

こみあげてきた涙を拭って、鈴は電話を切った。

今月、大学を卒業した啓介は、八月の二次試験に向かってライフスタイルを変更していた。これまでの夜型を改めて、試験当日の朝に力が出しきれるように、早朝に起きて勉強を始めることにしたのである。午前中いっぱい勉強に専念して、午後からは近所のコンビニでアルバイトを始めた。夕方に帰宅して夕食を摂った後、十一時の就寝までふたたび猛勉強。これが啓介の日常となり、夜食の必要はなくなった。

かたや鈴は、受験後に自動車学校に通い始めた。夜食がなくなったので、啓介と顔を合わせることもなくなっていた。自動車学校の帰りに啓介が勤めるコンビニに寄ることがあったが、勤務中でもあり、話らしい話はできなかった。

「縦列駐車、ちゃんとできてる？」

「ううん。車庫入れも大変。鈴、ああいうの苦手だなあ」

「大丈夫。慣れだから。もうひといき、がんばれよ」

「うん」

こういう会話がせいぜいであった。

けれど今日は合格発表の日なのである。いつもなら勉強中は遠慮するのだが、啓介も結果を待っているはずだった。

鈴は隣に駈けていった。

三〇七号室のチャイムを押すと、祖母の嘉子が顔を見せた。

「おはようございます」

「まあ鈴ちゃん。おはよう。ひさしぶりね」

「お兄ちゃんは？」

「すぐ帰ってくるから、入って」

茶の間に入ると祖父の克巳がいた。

「おはようございます」

「やあ、鈴ちゃん。おはよう」

克巳は茶だんすの中身をダンボール箱に詰めている。鈴がこたつに入って部屋を見回すと、壁に掛けてあった絵やカレンダーがなくなっていた。部屋の隅には閉じたダンボール箱が重ねて置いてある。

「引っ越しみたいですね」

鈴が笑って言うと、「引っ越すんだよ」と克巳が応えた。

「……え？」

鈴には言葉の意味がわからなかった。

「階段の上り下りが年々きつくなってね。この団地にはエレベーターがないだろう。歳には勝てなくてね。前から啓介に頼んでたんだよ。ちょうどいい具合に、部屋が空いたそうで……」

あとの言葉を鈴は聞いていなかった。

——お兄ちゃんが引っ越す。

そのことだけで頭がいっぱいだった。

そんなことは今まで考えたこともなかった。もちろん啓介からもぜんぜん聞いていない。

――お兄ちゃんが遠くへいってしまう。

そんなことはあってはならないことだった。

――どうして教えてくれなかったの？

鈴にはどうしても信じられなかった。

「……引っ越しの日は、いつ、なんですか？」

「明日だよ」

鈴は泣きだしそうになるのをぐっとこらえた。

「どこ、に……？」

声が小さかったようで、克巳には聞こえなかったようだった。

「鈴ちゃんが来てるわよ」

嘉子の声が聞こえた。啓介が帰ってきたようだった。

啓介はすぐに茶の間に入ってきた。こたつで鈴と向かい合うなり言った。

「看護学校の試験結果、どうだった？」

鈴は両手で顔を覆うと、泣きだしてしまった。

「そうか……」

啓介は憮然とした面持ちで腕を組んだ。

「残念だったな。しかし、がんばっても報われないときがあるのが人生だ。オレを見なさい。死ぬほどがんばって勉強して受けた論文式試験だったけど、不合格だった。鈴ちゃんの無念な気持ち、よくわかるよ」

鈴は泣き続けている。啓介が慰めるように言った。

「元気だせよ。八月にオレの試験が終わったら、また家庭教師してやるから」

「だって遠くにいっちゃうんでしょう」

「遠く？」

「明日、引っ越すんでしょう」

「ああ、そのこと……」

「鈴はなんにも知らなかった」

鈴が放心したようにうつむくと、啓介が笑っていった。

「大げさだなあ。引っ越すっていったって、一階に部屋を替わるだけだよ」

「一階？」鈴が涙のたまった顔を上げた。「この団地の？」

「そう。ここの一階。一〇二号室。おじいちゃんとおばあちゃん、足腰が弱ってきてるって言っただろ。階段がつらいみたいなんだ。一階が空いたって聞いたんで、大家さんに相談してみたら、そういう事情なら礼金も敷金もいらないっていってくれて。それで決心したんだ」

襖が開いて、盆を手にした嘉子が入ってきた。

「みんなでお茶にしましょう」

四人でこたつを囲むと、嘉子が慰めるように鈴に言った。

「一回の失敗くらい、なんでもないわ。すぐ取り戻せるわよ、鈴ちゃん。あなたはまだまだこれからなんだから」

克巳も珍しく饒舌に鈴を励ました。

「鈴ちゃんみたいに気立てのいい子はいまどきめずらしいのに。いったいその学校は何を考えとるのか、けしからん。鈴ちゃんが看護師にならなくて、いったい誰がなるというんだい、教えてほしいもんだ。だいたい鈴ちゃんを落とすような学校は、目がないんだ。鈴ちゃん、来年は志望校をかえるといいよ」

「そうだよ。前にオレも言ったろ。面接官に目がないんだよ。鈴ちゃんにふさわしい学校は、ほかにきっとあるから。自分に自信持って、もう一年がんばれよ。オレも応援するから」

「おじいちゃん、おばあちゃん、お兄ちゃん。みんな誤解しているようだけど……」

背筋をのばした鈴は、改まった声で言った。

「鈴は本日、看護学校に合格しました」

驚いた三人は一斉に声をあげた。

「そうなの、鈴ちゃん。おばあちゃんは、また……」

「なんだ、鈴ちゃん。おじいちゃんは、てっきり……」

「さっきの涙はなんなんだ！」

鈴は笑っていた。おかしくて、うれしくて、笑いがとまらなかった。

十四

その日――。

午前中は快晴だった空が、午後を過ぎるとにわかに曇り始めた。夕方になって雨が降りだし、やがてそれは本降りに変わった。

鈴は友人たちと映画を観るために横浜に出かけていた。みんな大学や短大に進学が決まった高校のクラスメイトで、中には関東を離れる者もいたので、お別れ会も兼ねていた。

入学式を間近に控え、誰もが新しい生活に胸をふくらませていた。映画も面白かったし、お喋りも楽しかった。夏休みでの再会を約束して、横浜駅で解散した。

鈴は茅ケ崎と平塚に帰る友達と一緒にＪＲの東海道線の電車に乗り、藤沢駅で降りた。

駅から「あけぼの団地」まではバスが出ている。道が混んでいなければ十五分くらいで着いた。だが、その日、鈴は駅に自転車で行っていた。出かけるときは晴れていたので、雨が降るとは予想していなかったのだ。

少し迷ったが、自転車で帰ることにした。傘はないが、鈴はフードのついた上着を着ていた。雨脚も弱くなったようだし、少しくらい濡れても、家にかえってお風呂に直行すればいい。

鈴はケイタイ電話を取り出した。

美葉子が夕食の支度をしていると、茶の間の電話が鳴った。

「お母さん、鈴です」

「いま、どこなの？」

「藤沢駅。いまかえるところ」

「傘持ってる？」

「自転車だから、なくても平気」

「自転車で帰るの？　バスにしなさい。雨に濡れて風邪でもひいたらどうするの」

「そのことで電話したの。おふろ入れておいて。帰ったらすぐ入るから」

「大丈夫なの？」

「大丈夫。たいした雨じゃないし」

「わかったわ。気をつけて帰るのよ」

「はーい」

電話は切れた。

しかし、その後、三十分が過ぎても鈴は帰ってこなかった。

どうしたのかしら。

自転車がパンクでもしたのかしら。

以前そういうことが一度あった。もしそうなら雨の中で困っているだろうに。

やきもきしていると電話が鳴ったので、てっきり鈴だろうと、美葉子は受話器を取った。

「こちらは鎌倉警察署ですが、内山鈴さんのお宅ですか？」

警察と聞いて、美葉子の胸に嫌な予感が走った。

「はい。そうです」

「失礼ですが、ご家族の方ですか？」

「鈴の母親ですが……」

ややあって相手の低い声がした。

「実は……鈴さんが事故に遭われました」

え？

「搬送先は湘南総合病院です」

美葉子はすぐには言葉がでなかった。

「あの……鈴の容体は？」

　相手はなぜか答えず、「そこにほかにご家族の方はおられませんか？　ご主人は？」と尋ねた。

「主人は亡くなっていて、家族は鈴と私の二人だけです」

「そうですか」

　相手が何かを躊躇しているのがわかった。

　美葉子は大きな恐怖に襲われていた。

「あの、鈴は……鈴は、無事なんでしょうね」

　ひと呼吸の間があった。

「残念ですが……」

「残念……って、どういうことですか？」美葉子は知らず声を荒げていた。「鈴は無事なんでしょう？　大丈夫なんでしょう？」

「頭を強く打たれていて、鈴さんは……お亡くなりになりました」

　病院の廊下で、美葉子は警察官の説明を聞いていた。

「オートバイが雨でスリップしたんです」

　どちらが悪いというのではなかった。

オートバイが水たまりでスリップして、たまたま通りかかった鈴とぶつかってしまった。

誰に非があるというのではない。

そういう種類の事故であった。

鈴は自転車から落ちて、頭を打った。病院に到着した時点で、意識がなく、呼吸が停止しており、瞳孔が散大していた。頭蓋内出血を起こしており、脳死と判定された。

変わり果てた鈴と対面したとき、美葉子はにわかには信じられなかったこの出来事が、現実であることを、ようやく実感した。

「すず……？　どうして……？」

鈴にすがりついて、美葉子は号泣した。


廊下に出て、ぼんやりと長椅子に座っていると、一人の女性が会釈して、美葉子の隣に座ってきた。

「鈴さんの財布の中に、臓器提供の意思表示カードがありました。ご確認願えますか」

名刺サイズのカードを、美葉子は渡された。

胸にハートのマークを記した天使が描かれていて、大きく「臓器提供意思表示カード」とあった。「厚生労働省・(社)日本臓器移植ネットワーク」の次に、ドナー情報用全国共通連絡先の電話番号、最後に「このカードは常に携帯してください」と記されている。

裏を返すと、「該当する1、2、3の番号を○で囲んだ上で、提供したい臓器を○で囲んでください」とあった。1は「私は、脳死の判定に従い、脳死後、移植のために○で囲んだ臓器を提供します」というもので、2は「私は、心臓が停止した死後、移植のために○で囲んだ臓器を提供します」というもの。3は「私は、臓器を提供しません」というものだった。

そのカードは1が○で囲まれていた。そして、心臓、肺、肝臓、腎臓、膵臓、小腸、眼球、すべてが○で囲まれていた。その他の欄には(使えるものすべて)と記されていた。

一番下に署名年月日と、鈴の字で、「内山鈴」と署名されていた。

「お嬢さんは臓器提供を希望しておられます」

美葉子はカードから顔を上げた。

「臓器提供について、少しお時間いただいて、説明させていただいてもよろしいですか?」

あとで知ったことだったが、その女性は臓器移植のコーディネーターだった。事故に遭った被害者がカードを持っていたとして、ただちに連絡がいき、病院に駆けつけてきたのである。

美葉子と向かい合うと、その女性は熱心に話を始めた。

臓器提供の意義。移植で助かる命があること。鈴の意思を尊重することの大切さ……。

傍目には一心に聞いているように見えた。が、実は美葉子は何も聞いていなかった。相手の顔を見ていたが、何も見てはいなかった。さながら振り子人形のごとくに、相手の言葉にただ頷いて、調子を合わせているだけ。

鈴が死んだ。

そのことが、まだどうしても信じられないのである。

たしかにさっき鈴の遺体と対面した。

でもあれは本当のことなのだろうか？

私は夢を見ていたのではないだろうか？

そもそもここはどこなのだろう？　私の目の前にいるこの人は誰なのだろう？

鈴の署名が入ったドナーカード。あれはいったい何なのだろう？　移植に同意？　助かる命？　鈴の意思？　なんのことなの。何が起こっているのかまるで私にはわからない。もしかしたらここは夢の中の世界ではないのだろうか？　いま起こっていることは本当のことではなくて……。

一人になりたい、と美葉子は思った。

これは夢だ。夢に違いない。一人になって、眠りたい。そうすれば、目覚めることができる。そうだ、眠ろう。そうすれば夢はさめる。家に帰って、私は眠ろう。

まるで外国語を聞いているかのようだった。話が延々とつづくので、美葉子は早く一人になりたいと思った。一人になって、家に帰って、眠る。この悪い夢から覚めるためには、それしかない。そのためにはどうすればいいのだろう？　と、美葉子は一心に考えた。

だから相手の言葉をさえぎって言った。

「娘は看護師になるはずでした。一生懸命勉強して、看護学校に合格して。あさってが入学式だったんです。苦しんでいる患者さんの役に立ちたい。患者さんを助けたいって。言葉に出して言ってたわけじゃありませんが、きっとそう思っていたと思います。医療の現場で、あの子の意思が生かされるなら、本望です。移植に同意します」

どこからこんな言葉が出てきたのか、美葉子にはわからなかった。

しかし、相手は感動した面持ちで「ありがとうございます。鈴さんの善意を、決して無駄にはしません」と言うと、美葉子を解放してくれた。

彼女は立ち上がると、廊下を駆けていった。

怜泉循環器病センターにドナーが現れたとの一報が入った。摘出チームが移植に適したものであるかどうかを判断しているという。しばらくして「適している」との報せが入ると、関係者にどよめきが起こった。

神奈川で降っていた雨が広がり、東京でも夜になって雨が降り始めていた。

病棟の廊下を斎藤医師は駆けるように歩いていた。

理玖の病室の前で立ち止まると、呼吸を整えてから中へ入っていった。

「りっくん、ドナーが現れたよ」

理玖は手にしていた楽譜を落とした。


移植手術に向かって病棟はただちに動き出していた。スタッフが呼び出され、ミーティングが始まり、準備が進められていく。手術室に運ばれた理玖は、必要な検査が終わると、麻酔を施された。

外では雨脚が強くなり、風も吹き始めていた。ヘリコプター搬送では万一の事故も想定してあり、無事に臓器が届くまでは手術を始めることができなかった。風雨はしだいに激しさを増していく。関係者の全員が祈るような気持ちでヘリコプターの到着を待っていた。

やがて闇の空を雨と風を突き破ってプロペラの音が響いてきた。

「着いたぞ！」

センターの屋上のヘリポートにヘリコプターが到着した。

その報せを聞くと同時に、手術室では執刀が開始された。

ドアが開いて、アイスボックスが運びこまれる。

中には提供心臓が入っているのである。

手術室に緊張のため一瞬のざわめきが起こった。

理玖に心臓の摘出手術が進められる一方で、提供心臓に移植のための準備が施されていく。

種々ある手術法の中で、このときは左右両心房での吻合（ふんごう）というラウアー・シャムウェイ法が採用された。

戸外では嵐が吹き荒れている。

執刀医の額に汗が浮かんできた。


時計の針が刻々と時を進めていく。

手術は順調に進んでいった。

報せを受けて病院に駆け付けた佐知は待合室で待機していた。

祈るように時計の針を見続けている。

終了予定時刻まであと三十分……。

二十分……。

十分……。

手術室では、予定していた時刻を少し過ぎて術式の終わりを迎えた。大動脈が吻合され、鉗子(かんし)が外される。

全員が息を詰めて凝視している中、心拍動が始まった。

「成功だ！」

歓声が上がった。

「やった！」

「おめでとうございます！」

汗をふいている者。

涙をぬぐっている者。

人々が見守る中で理玖の心拍動はしだいに力強いものとなっていった。

十五

春が終わり、梅雨を迎え、やがて夏になった。

それとともに、あけぼの団地の三〇八号室の茶の間のカレンダーの花の絵も替わっていった。

五月は薔薇。

六月は紫陽花。

七月は睡蓮。

八月は朝顔。

しかし美葉子の心のカレンダーは、四月で止まったままだった。

鈴を亡くして以来、美葉子は変わってしまった。気力というものをすっかりなくしてしまい、虚ろな眼で部屋でふさぎこんでいる。布団も敷きっぱなしで、食事もろくに作らず、部屋の掃除もほとんどしなかった。たまに用事で外出しても、鈴と同じ年頃の女の子が目についてつらいので、すぐに帰ってくる。毎日がこんな調子で、「わかさ」もずっと休んでいた。

鈴を亡くした当初、美葉子は傍目にはしっかりと見えた。

身内がいなかったので、葬儀万端は「わかさ」の店主夫妻が執り行なってくれた。職場仲間が手伝いに来てくれたとき、その一人一人に美葉子は丁重に頭を下げて言った。

「このたびは、お世話になります」

人々は美葉子に心からの同情を寄せた。

「大変でしたね」

「気を落とさないで」

「なんでもいって。力になるから」

美葉子は涙を見せず、気丈に答えた。

「ありがとうございます」

団地の人々や鈴の高校の教師やクラスメイトたちも集い、葬儀には二百人を超える人々が参列した。

「本日は、娘の鈴のために、お忙しい中を、お集まりくださって、ありがとうございます。突然のことで、気持ちの整理がまだつかず、いまだに本当のこととは思えないでいます。娘の葬式をするなんて、いままで考えたことも、想像したことも、ありませんでした」

会場のあちこちから嗚咽が漏れた。美葉子は言葉につまり、ハンカチで涙を拭った。

「すみません……なんとご挨拶していいのか、言葉にならなくて。本日は…本当に…ありがとうございました」

このときも美葉子は、涙は見せたが取り乱したりすることはなく、喪主の務めを最後まで気強く果たした。

しかし葬儀を終えて、客が帰っていった後では、張り詰めていたものが一気に崩れてしまった。鈴の遺骨を前に、美葉子は茫然と部屋に座り込んでしまったのである。


葬儀が終わった夜――啓介の祖母の嘉子が、美葉子を心配して部屋にきた。電気もつけない部屋に美葉子が一人でいるのを見て、嘉子は驚いたようだった。

「夕食は召し上がられました？」

「食欲がなくて……」

「よろしかったら、うちにいらっしゃいませんか。うちもこれからなんです。みんなで食べれば、食も進むかもしれません。何か口にされないと、まいってしまいますよ」

美葉子は少しためらったが、断る気力ももうなかった。

「ありがとうございます」

と、素直に応えて、嘉子と一緒に階下の一〇二号室に下りていった。

美葉子が来たと知ると、克巳が玄関に現れ、啓介も玄関脇の部屋から出てきた。

「夕食がまだだと言われるので、お誘いしました」

「すみません。ごやっかいをおかけして……」

克巳が優しく声をかけた。

「気を使わないでください。私たちだって、鈴ちゃんがこんなことになってしまって、悲しくて、悲しくて……」

涙を拭きながら克巳は言葉を続けた。

「私たちだってこんななんですから、内山さんのお気持ちを考えると……。どうか、遠慮なさらずに。たいしたことはできませんが、なんでも言ってください。少しでもお役にたてれば、私たちも嬉しいんです」

真っ赤な目をした啓介も祖母と一緒に頷いている。

「ありがとうございます」

両手で顔を覆った美葉子はその場に泣き崩れてしまった。

嘉子がいたわるように美葉子の背中に手を置いた。

「こんなときはひとりでいない方がいいんですよ。実家だと思って、甘えてください」

これまで永井家に出入りしていたのは鈴だけで、美葉子と嘉子は特に親しくしていたというわけではなかった。

その後、嘉子は美葉子を心配して、たびたび美葉子の部屋を訪ねてくるようになった。

「階段の上り下りが大変なのに、いつもすみません」

「少しは鍛えた方がいいので、ちょうどいいんです。一階に代わってからすっかりなまけてしまっていましたから……。今日はご気分はいかがですか？」

「まだ、なにもする気が起こらなくて……」

「無理もありません。こういうことには、たくさんの時間が必要なんです」

「いまでも、ほんとうのこととは思えないんです。鈴がいなくなったなんて、信じられなくて……」

「私も、ドアが開くたびに、鈴ちゃんが来たんじゃないかって、そう思ってしまいます」

「涙がとまらないんです。看護学校に合格して、これからっていうときだったのに。悔しくて、やりきれなくて。鈴が、可哀想で……」

「泣くのがあたりまえですよ。あなたは鈴ちゃんのお母さんなんですから」

嘉子といると、つかのま美葉子は心が慰められた。

砂時計が音もなく落ちていくように、一日一日が過ぎていく。ときの経過とともに、つらさは増してくるようだった。

特に雨の日が、美葉子はつらかった。

鈴が事故に遭ったのは、雨が原因だった。

——雨が降らなければ……。

——バスで帰っていれば……。

雨の音を聞いていると、そんなことばかり考えてしまうのである。

——別の道を通っていれば……。

——オートバイに出会わなければ……。

いまさら何をいっても手遅れだと、わかっているのに。

——友達と会うのが別の日だったら……。

——あのとき電話で「バスで帰りなさい」と、強く言っていれば……。

後悔ばかりが堂々巡りに繰り返されるのだった。

十六

啓介は八月の論文式試験に向かってこつこつと勉強していた。

早朝に起きて午前中勉強し、午後からコンビニで働き、夕食後に勉強して、十一時には就寝する。鈴が亡くなった後も、生活は変わらなかったし、周囲に対する態度にも、特に変化は見られなかった。しかし啓介の中では、確実に何かが、変わっていた。変わったというより、何か――核のようなもの――が、壊れてしまったのである。

啓介は自分をロボットのように感じていた。自分であって、自分ではない。心は遠い惑星に在って、何ものかに操縦されている。硬くて厚い金属の身では、何も感じられず、傷つくこともなかった。

鈴を失って啓介は心に深い傷を負った。そのことを自分でも自覚できないままに、淡々と日々を送っていたのである。

それが表に現れたのは、夏の終わりだった。

公認会計士の論文式試験は三日間行なわれる。八月下旬のその初日、試験に間に合うように家を出たものの、会場となった早稲田大学に啓介は行かなかったのである。

抜けるような青空の一日だった。向日葵に太陽が降り注ぎ、蝉が忙しげに啼いている。電車を横浜で下りて「みなとみらい」をぶらつき、公園のベンチに座ってその日一日をやり過ごした。

夜になって、何ごともなかった顔をして啓介は団地に帰りついた。

「おかえりなさい」

「試験どうだった?」

「まあまあかな」

啓介は祖父母に嘘をついた。

翌日も試験場に行かなかった。

あてもなく電車に乗り、街を歩き回り、疲れると公園やデパートのベンチで休んだ。映画を観て、ゲーム館で時間をつぶした。

――オレは、なにをやっているんだろう?

自己嫌悪に押しつぶされそうになるのを、啓介は必死でこらえた。

ゲームをやっているとき、気持ちが悪くなって、コインをぜんぶ床に落としてしまった。

家に帰りたかった。

けれど、いま帰ったら、どんないいわけも通用しない。

啓介は祖父母に心配をかけたくなかったのである。

最終日の三日目は朝から雨が降っていた。

「今日が最後ね。がんばって」

嘉子が玄関で啓介を励ました。

「うん。おばあちゃん、がんばるよ」

ドアを閉めて、廊下を歩いていると、階段を駆け下りてきた美葉子に声をかけられた。

「啓介君！　よかった間に合って」

「おばさん」

美葉子は持っていた包みを啓介に渡した。

「お弁当つくったの。お昼に食べて」

雨の日は落ち込んで布団から出られないほどだと常々嘉子から聞いていたので、啓介はひどく驚いた。

「雨なのに、大丈夫なんですか？」

美葉子は意外にも笑顔で答えた。

「不思議なんだけど今日は特別みたいなの。お兄ちゃんの大切な試験日だから。きっと鈴が力をくれたのね」

そう言った後、美葉子は目に涙を滲ませた。

「がんばって。鈴のぶんまで夢を実現させてね」


雨の中を啓介は傘をさして歩いていた。

試験会場の早稲田大学に向かっていたのである。

午前中の科目は苦手な企業法だった。

切り替えがうまくできなくて、最初はまったくできなかった。しかし真剣に問題に取り組んでいるうちに、しだいに集中できるようになった。途中からは夢中で答えを書いていた。

昼休みになって、美葉子の弁当を広げた。

久しぶりに味わうなつかしい味だった。

啓介は弁当を食べながら、鈴と過ごした「とき」を、たどっていた。

初めて会った五歳の鈴。

お下げ髪の小さな女の子だった。

小学生の鈴はランドセルが歩いているよう。

花火大会に朝顔の浴衣を着てたっけ。

絵日記を手伝い、一緒に出かけた図書館。読書感想文を書くための本は啓介が選んだ。

高校生の鈴。初めて見たセーラー服姿がまぶしかったな。

鈴はなんでも啓介に一番に打ち明けたから、看護師になりたいという夢を最初に聞いたのも啓介だった。

あんなに勉強を頑張って、合格したのに。

鈴ちゃんは夢を実現できなかった。

それなのにオレは――。

試験をボイコットした。

なにもかもがむなしくて、なにもかもがどうでもよくなって。

勝手に夢をあきらめてしまった。

――鈴ちゃん、ごめん……。

今日は最後まであきらめまい、と、啓介は固く決心していた。

科目合格をすれば、次の試験ではその科目が免除になる。

今年の合格はもう望めない。

でも、来年がある。一科目でも科目合格して、来年を少しでも楽にするのだ。

――オレ、がんばるよ。

絶対、来年こそ合格して、公認会計士になる。

啓介は心の中で鈴に誓っていた。

十七

あけぼの団地の三〇八号室の九月のカレンダーの絵は秋桜。

十月になると桔梗が壁を飾った。

やがて十月も半ばとなり、鈴が亡くなって半年が過ぎた。

美葉子の状態は一進一退を繰り返していた。

その心模様は日によって変化した。

雨の日に落ち込みがひどくなるように、鈴が亡くなった日にち、いわゆる月命日や曜日や時間にも心が敏感に反応する。


そんなある日――。

十一月になったので、カレンダーをめくろうとした手を美葉子は止めた。

去年のこの日の光景がふいに甦ったのである。

鈴の声が聞こえてきた。

「私、十一月って好きだなあ」

美葉子が応える。

「どうして？」

「秋が深まって、とってもいい季節でしょう。なんていうか、心が浄化されるような。自然の中で目を閉じるとね、心が澄んでくるの」

「まあ、鈴は詩人ね」

美葉子は惚けたようにその場に座り込んでしまった。

すると、まるで本のページをめくっているように、あの日の情景が次々と浮かんできた。

セーラー服のスカートをひるがえしてテーブルにきた鈴。朝食の後片づけをしながら二人で交わした楽しい会話。茶目っ気たっぷりに肩をすくめる鈴の姿。

記憶の中の鈴は健康で、若葉のように生き生きとしていた。

「そろそろ鈴の手作りケーキの登場を、お母さん、期待してるんだけど」

「受験生にプレッシャーかけないで」

美葉子のバースデーケーキをめぐって交わされるやりとり。

次の言葉を思い出したとき、美葉子は嗚咽で肩をふるわせた。

「がんばって合格するから。ケーキは来年に期待して」

――来年……。

美葉子はエプロンに顔を埋めて号泣した。

――鈴の嘘つき。

その日をこんな形で迎えるなんて。

誰が予想しただろう。

これまでは毎年母と子で誕生日を迎えた。自分のためにケーキを焼いて、蠟燭を立てて、鈴と祝う。それがあたりまえの生活だった。

「看護学校の寮に入っても、お母さんの誕生日にはぜったい帰ってくるからね」

そう言って、笑っていた鈴。

美葉子はふらりと立ち上がると、窓を開けて、ベランダに出た。

空は青く、空気が澄んでいた。

一年前と同じように、寒いけれど気持ちのいい朝……。

――三階から落ちて死ねるかしら。

美葉子はぼんやりとそう思った。

ここから何度鈴を見送っただろう。

「いってらっしゃい」

「いってきます」

あの日の情景が浮かんでくる。

交わされるいつもの言葉。

自転車で手を振る鈴。

ペダルを漕いでいる姿。

遠ざかっていく後ろ姿。

やがて角の向こうに消える。

——それなのに……。

あの子は、いない。

どこにも、いない。

見えなくなった角の向こうから、いつものように帰ってくることは、もう、永遠にないのだ。

美葉子は手すりに両手をかけた。

——これから先、生きていてなんになるだろう。

手すりにかけた手に力をこめたそのときだった。

「内山さん」

ふいに名前を呼ばれて、美葉子はふり向いた。

嘉子が窓辺に立っていた。

「そこは寒いわ。部屋に入りましょう」

「……」

「さあ、入りましょう」

か細い声で美葉子はつぶやいた。

「……わからないんです。どうしたらいいのか……わからないんです。鈴がいなくなって……私はどうして生きていったらいいのか、わからないんです」

「中に入りましょう、話は部屋でゆっくりと聞くわ」

「話すことなんて、なにもありません。なにも……。耐えられないんです……もう、耐えられないんです。毎日が……つらくて……つらくて……」

嘉子が美葉子の間近にきた。

「あなたの気持ちはわかります」

手すりにかけた美葉子の手に、嘉子は自分の手を重ねた。

「私も娘を亡くしていますから。私の娘は啓介を産んだあと、心を病んで、二十歳で命を断ったんです」

美葉子は嘉子を凝視した。

嘉子の目は涙に濡れていた。

「だから内山さん、死んでは駄目。そんなこと、ぜったいに鈴ちゃんは喜びません。あなたのつらさは、鈴ちゃんへの愛情の裏返しなの。だから、つらくても、どんなにつらくても、そのつらい気持ちを大切にして。鈴ちゃんへの愛を大切にして、生きてください。道は拓けるから。生きてさえいれば、きっといつか、笑える日がくるから」

美葉子は嘉子にしがみつくと、声をあげて泣き始めた。

十八

その後、ふたつのことがきっかけとなって、美葉子は少しずつ気力を取り戻していった。

そのひとつは、ビーズ作りだった。

鈴の部屋は見るのもつらいので、長い間そのままにしてあったのだが、ある日、思い切って部屋に入ってみた。

机の引き出しを開けると、日記があった。中を開くと、事故の前日、最後の日付に、こういう言葉が書かれていた。


あともう少しで完成。

お兄ちゃんは喜んでくれるかな？


日記には啓介への恋心が綴ってあった。啓介の誕生日に、手作りのビーズのブレスレットをプレゼントするつもりだったのだ。

部屋を探すと、ビーズ手芸の本や道具と一緒に透明なケースの中からそれが見つかった。青い濃淡のビーズを巧みに組み合わせた作りかけのブレスレット。

鈴の思いのこもったものである。手に取って見つめていると、涙があふれてきて仕方がなかった。美葉子はこれを完成させようと決心したのである。

本を片手に、見よう見まねでとりかかったのだが、そのうちに要領がつかめ、しばらくして完成した。

美葉子はそれを綺麗にラッピングし、リボンをかけて啓介のところへ持っていった。

「鈴が啓介君の誕生日にプレゼントするつもりで作っていたものなの。まだ仕上がっていなかったから、最後の方だけ私がお手伝いさせてもらって完成させたんだけど。もらってもらえる？」

啓介はうつむいて黙り込んでいたが、やがて顔を上げると、真っ赤な眼をして言った。

「大切にします」

このことは美葉子にひとつの自信となった。鈴が好きだったビーズ手芸が自分にもできるとわかったのである。

鈴の部屋にはほかにもたくさんビーズがあったので、今度は嘉子に首飾りを作ってプレゼントしようと決めた。

ビーズを作っているときは無心になれた。美しいものに触れていると、心が癒されていくようであった。

気力を取り戻すきっかけとなったもうひとつのこと。

それは移植医療に関する関係者の本を読んだことであった。

鈴がドナー登録していたことを、美葉子はあの事故が起こるまで知らずにいた。茫然自失の状態だった美葉子は、その是非について深く考える時間も心の余裕もないままに、移植に同意した。だからそのことがずっと気にかかっていた。

それまでの美葉子にとって、移植医療とは遠い世界の出来事であった。特に興味もなかったので、そのことについて深く考えたことはなかった。

しかし、本を読むことによって、移植でしか助からない人が数多くいることを知った。ドナー不足が原因で多くの人の命が失われていることも知った。美葉子はこれまでの自分の無関心を恥ずかしく思った。

ある本の中に、息子がドナーとなった千葉太玄さんという人の話が載っていた。

太玄さんは当時二十四歳だった息子の玄山さんを米国で交通事故で亡くした。太玄さんはこのとき息子をドナーにと申し出たのである。

「息子の世話をしてくれたこの国の人たちに恩返しをしたい。こんな立派な体に育ったのに、ただ死んでしまうのは勿体ない」と言って。

玄山さんの臓器は、心臓はジョージア州アトランタの女性に、腎臓は同じジョージア州ダルトンの男性とアラバマ州ハミルトンの男性に、そして肝臓はネブラスカ州の女性に移植された。また角膜も二人に移植され、骨は整形外科で用いるべく保存され、後にこの骨は六十三人もの人に移植されたという。

美葉子はこのことに感動し、移植に同意したことは良かった、と初めて心の重荷を下ろすことができた。

またほかの本の中で、

「自らへの行いは、死とともに消えるが、人や世界のための行いは、永遠に生き続ける」

という言葉と出会った。

鈴は移植を受けた人たちの中で生き、その人たちとともに生き続けるのだと、そのときそう美葉子は実感した。

それからの美葉子は、ある目的を持ってビーズ作りを始めた。

鈴が臓器を提供した人たちに会いたい。

会ってその人たちにプレゼントしたい。

その一心で、ビーズアクセサリーを作るようになったのである。

それは美葉子にとってひとすじの光となった。

十九

　クリスマスが終わり、街では新年に向けての準備が始まった。ショーウィンドーには凧や羽子板が飾られ、市場は正月用品を買い求める人たちで賑わっている。

　鈴がこの世にいた年がもうじき終わる。そう思うと寂しくて、美葉子は残り香を味わう思いで、残り少なくなった一日一日をかみしめるように過ごしていた。

　わかさの店主の松宮夫婦が美葉子を訪ねてきたのは、年の瀬が迫ったそんなある日の午後だった。

　三人は湯気の立つお茶を前にこたつで向かい合っていた。

「少しは落ち着かれましたか？」

　妻の節子が美葉子に尋ねた。

「おかげさまで……。葬儀の折には本当にお世話になりました」

　松宮が言った。

「大変な思いをされましたね。子どもさんを亡くされるなんて、子どものいない私どもには、その悲しみは想像もつきません」

「流産したことはあるんです。顔も見られなかった子どもですけど、それでもとっても悲しかったのに……」

そのことが原因で子どもができなくなったのだと、節子は涙まじりに打ち明け話を始めた。

美葉子が初めて聞く話であった。

やがて美葉子が台所に行き、お茶を入れ替えて戻ってくると、松宮が切り出してきた。

「どうでしょうか、そろそろ店の方に。職場復帰を考えていただけませんか？」

「内山さんがおられないと店の雰囲気がぜんぜん違うんです。みんなも待っています。お正月までゆっくり休まれて、年明けからでも。ご無理でなければ、どうか考えてみてください」

美葉子は二人に深々と頭を下げた。

「私のような者に、ありがたいことだと思います。でも……すみません。どうしても、そんな気になれないんです。人前に出るのがまだとても苦痛ですし。実は……これ以上お店にご迷惑をおかけするのは心苦しいので、辞めさせていただこうと思っています」

夫妻は驚いたように顔を見合わせた。

「そんなことを言わないでください」

「内山さん、辞めるのは考え直して。お願い、まだ結論はださないで」

美葉子はうつむいて答えた。

「すみません。もう少し……時間をください」


夫妻を送り出した後、美葉子はこたつで雑誌を開いてみた。

帰りがけに節子から、

「店のお客さんが送ってくださったんです。読んでみてください」

と渡されたものだった。

それはひと月前の雑誌であった。

付箋のついたページを開き、赤く囲ってある記事を見る。それは「湘南の海」とタイトルのついたコラムだった。

著者は山部慎一とある。

美葉子は驚いてコラムを読み始めた。

このタイトルでみなさんが思い浮かべるのは、文字通り湘南の海だと思います。輝く水面にとりどりのウインドサーフィン。江の島、遠景には富士山。けれどこれは実は弁当の名前なんです。

ぼくはノルウェーと日本を行ったり来たりしていますが、日本にいるときは自宅近くの店でときどき弁当を買っています。中でもお気に入りがこの「湘南の海」です。色づけしたバターライスを海と見立て、カラーピーマンをヨットの帆のように散らしてある。見た目の美しさもさることながら、何といっても備えつけのソースが絶品！　上品でまろやかで、とってもおいしいんです。

ところが、この前「湘南の海」を買いにいくと、ありませんでした。売り切れたのではなく、メニューから外されていたのです。この弁当を考案して、作っていたUさんが、休んでいるから、というのがその理由でした。

Uさんでなければあの味が出せないのでしょう。このときになってぼくは、Uさんの娘さんが交通事故で亡くなられたということを、お店の方から聞いて初めて知りました。

子どもが死ぬ。

悲しい――などという言葉では表現できない。易々と慰めの言葉などかけられない。

ぼくは言葉を失いました。

あの日から半年が過ぎました。

ノルウェーの小さな島で、ぼくはときどきUさんのことを考えます。

いま頃どうしておられるだろう？　少しは元気になられただろうか？　もしかしたらときの経過とともに悲しみは深まったかもしれない。職場復帰はまだ無理だろうか？

「湘南の海」に限らず、Uさんが考案してヒットした弁当はほかにもあり、みんなそれぞれにファンがいました。きっとみんながUさんのことを心配し、帰りを待ち詫びていることでしょう。

だから勝手にファンを代表して、ぼくの願いを言わせてください。Uさん、あなたはまだ深い悲しみの中かもしれないけれど、いつか、必ず、元気になってください。そして店に帰ってきてください。

あなたのお弁当を待っている人がいます。

美葉子の目から涙があふれてきた。それは大粒の雨となり、紙面を音をたてて濡らした。

その夜、美葉子は久しぶりに街に出た。

冷たい夜気が心を澄ませてくれるようで、雑踏が心地良かった。

江ノ電の駅に行くと、冬の風物詩として駅舎を飾るイルミネーションが美しく輝いていた。美葉子は江ノ電に乗って光の世界に旅をした。

電飾が施された駅にはそれぞれに名前がついていた。

鎌倉駅には駅の外観が光のラインで縁取られた「光の駅舎」。

長谷駅には昔ながらの木造駅舎の柱を木に見立てて電飾を施した「色づく光の木々」。

鎌倉高校前駅のテーマは「光の泡」だった。海から打ち寄せる光の波が光の泡となって漂っている。

江ノ島駅につけられた名は「星降る駅舎」。駅の天井に無数の星がきらめき、天の川が浮かぶ。

帰り道に空を見上げると、月が出ていた。

二十

鈴が亡くなって四年後の春――。

横浜で移植医療の関係者のための集いが開催されることになった。移植を受けた人とドナーファミリーも招かれており、美葉子は出席する旨の返事を出していた。

その当日――。

あけぼの団地の駐車場に向かって啓介と美葉子は歩いていた。

「おばさん、忘れ物ない？」

「大丈夫」

車の助手席に美葉子は乗り込んだ。

「忙しいのにごめんね。私ひとりだから電車でも行けたのに」

「駄目ですよ、電車なんて。紙袋いっぱいの宝物を持っているのに、狙われたらどうするんですか」

「そうでした」

車は一路横浜に向かって走りだした。

街は明るい陽に照らされていた。

街路樹の桜が風に散っている。

啓介が言った宝物とは美葉子が作ったビーズアクセサリーのことだった。色とりどりのブレスレットや首飾りが紙袋の中で光っていた。

「これだけで足りるかしら？」

「大丈夫ですよ」

「心配だわ。もっと作ればよかった。新作のお弁当のこと考えてたら、そっちの方に時間とられちゃって」

「わかさに新作ができるんですか。楽しみだなあ」

美葉子は啓介に笑顔を向けたが、顔を前に戻すと不安そうな表情でつぶやいた。

「鈴がドナーになった人たちは来られるかしら…」

「大丈夫。きっと来てますよ」

美葉子が彼らに会いたい一心でアクセサリーを作り続けていたことは啓介も知っていた。ついに迎える今日という日が、美葉子にとってどれほど待ち焦がれていたものか、大切な日であるかということも、よくわかっていた。

啓介にとっても、鈴がドナーとなった人たちに会いたい、という思いは同じだった。

しかし、あいにく今日はどうしても仕事が休めなかった。公認会計士となった啓介は東京の大手の監査法人に勤めていた。この時期はクライアント先の監査の仕事に忙殺されている。美葉子を会場へ送っていくだけで精一杯だったのである。

「どうしよう、啓介君。ドキドキしてきちゃった」

美葉子が胸に両手を当てて言った。

「鈴がドナーになった人たちを教えてもらえるわけじゃないし。母親の勘だけで、本当に私にわかるかしら？　その人たちにアクセサリーをお渡しできるかしら？」

緊張しすぎて美葉子は過呼吸寸前のようである。

「音楽でも聴いて、落ち着きましょう」

啓介はＣＤのスイッチを入れた。

イントロが流れ、歌が始まると、美葉子は気持ちよさそうにシートに埋まった。

「ステキな曲ね」

「ぼくのお気に入りなんです」

「誰が歌ってるの？」

得意そうに啓介が答えた。

「ＲＩＫＵです」

「りく？　それが名前なの？」

「そうです。作ったのも、歌っているのも、ＲＩＫＵです」

「曲名は？」

「空ゆく月のめぐり逢うまで。受験勉強をしていたとき、ラジオから流れてきたこの曲にひと聴き惚れして。それ以来のファン。この歌で、ぼくはいままでずいぶん慰められたし、力をもらいました」

美葉子は夢見る人のように曲に聴き入っている。

「綺麗な音色ねぇ。これは何？　ギターではないし……」

「ハープです」

「まぁハープなの」

美葉子はうっとりと目を閉じた。

「まるで天国から響いてくる音楽みたい」

「もしかして、おばさんもファンになりました？」

「啓介君と同じ。ひと聴き惚れしちゃった」

「じゃあ、これからは二人でＲＩＫＵを応援しましょう」

「了解。私もＲＩＫＵのＣＤ買っちゃう」

二人の笑い声が車内に響いた。

フロントガラスの向こうで桜の花びらが舞っていた。

会場へ着くと、そこには百人ほどの人たちが集まっていた。

会は立食パーティ形式で、主催者の挨拶と主賓の話が終わったあとは自由に歓談となった。

美葉子は周りの人たちから始めて、一人一人に「移植を受けられた方ですか？」と声をかけて言った。相手が「そうです」と答えると、自分の意思を伝え、アクセサリーをプレゼントしたいと申し出る。断られるかもしれないと心配だったが、どの人も快く受け取ってくれた。

中には美葉子の手を取って、

「ありがとうございます。ドナーの方のおかげで助かった命なんです。このアクセサリーいつも身につけることにします」

と、涙する人もいた。

最初美葉子は、鈴がドナーとなった人は、あの人かしら？　この人かしら？　と、そのことだけを考えながら会場を回っていた。

しかし、そのうちに、それは問題ではないのだと悟るようになった。

アクセサリーを受け取った人たちは、どの人も美葉子に感謝し、心からのお礼を述べてくれた。

この人たちはみな、ドナーに出逢い、移植で救われた人たちなのだ。

改めて美葉子はそう実感したのである。

何年も何年も待ち続けた人たち。

そして、ついに、出逢ったドナー。

失われた命。

助かった命。

私たちは移植というリレーでつながった「家族」なのだ。

そのことに気づいた美葉子は、心が震える思いで、涙を隠してそっと部屋を出ていった。


廊下に出ると、一人の青年が近づいてきた。

「あの…移植医療事業の会場はここですか？」

「そうです」

美葉子が答えると、青年は人なつこい笑顔を浮かべた。

「良かった。仕事が長引いて、遅れてしまって」

ギターケースを背負っている。音楽関係の仕事なのだろうと美葉子は察した。ギターケースにＲＩＫＵと書かれていたが、美葉子はそれに気付かなかった。

「あの…間違ってたらごめんなさい」美葉子は恐る恐る青年に尋ねた。「移植を受けられた方ですか？」

「はい」

「私はドナーの家族なんです。移植を受けられた方に私が作ったビーズのアクセサリーをプレゼントさせていただいています」

思いがけない言葉だったらしく、相手は少し戸惑ったようだった。

「これが最後のひとつ。首飾りなんですけど、貰っていただけますか？」

青年は美葉子をじっと見ていたが、しばらくして礼儀正しく答えた。

「頂戴します。ありがとうございます」

美葉子は青年になんともいえない懐かしさを覚えていた。

もしかしたら…。

「あの…これ、かけさせていただいていいですか？」

青年は優しく頷いた。

「はい」

それは青いビーズの首飾りで、真ん中に鈴がついていた。

もしかしたら…。

美葉子は青年に首飾りをかけた。

と、鈴が鳴った。
澄んだ音で——。

了

参考・引用資料

『心臓移植を目指して』　川島康生　中央公論事業出版
『私のビーズＳｔｏｒｙ』　吉川智子　主婦と生活社
『すてきに作れるビーズ・アクセサリー』　ウタ・オーノ　小学館
『すてきに作れるビース・リング』　ウタ・オーノ　小学館
『天然石のビーズ・アクセサリー』　ウタ・オーノ　小学館
『エレガント・ビーズ・リング』　ウタ・オーノ　小学館
『ビジュースタイル』　ウタ・オーノ　小学館
『Tokyo styleビーズコレクション』　ウタ・オーノ　学習研究社
『拾遺和歌集』
『やっぱりおおかみ』　ささきまき　福音館書店
『リハビリテーション』　砂原茂一　岩波新書
『心臓外科医』　坂東興　岩波新書
『移植病棟24時』　加藤友朗　集英社
『脳死――ドナーカードを書く前に読む本』　水谷弘　草思社

『看護師になるには』　川島みどり　ぺりかん社

著者プロフィール

下田 ひとみ（しもだ ひとみ）

鳥取市出身　鎌倉市在住

■著書

『キャロリングの夜のことなど』（筆名:由木菖、文芸社、2002年）
『うりずんの風』（作品社、2005年）
『雪晴れ』（幻冬舎ルネッサンス、2006年）
『翼を持つ者』（作品社、2008年）
『勝海舟とキリスト教』（作品社、2010年）
『落ち葉シティ』（文芸社、2015年）
『トロアスの港』（作品社、2016年）
『落ち葉シティ２』（文芸社、2020年）

空ゆく月のめぐり逢うまで

2022年５月15日　初版第１刷発行
2024年４月30日　初版第３刷発行

著　者　下田 ひとみ
発行者　瓜谷 綱延
発行所　株式会社文芸社
〒160-0022　東京都新宿区新宿1－10－1
電話　03-5369-3060（代表）
03-5369-2299（販売）

印　刷　株式会社文芸社
製本所　株式会社MOTOMURA

ISBN978-4-286-23528-8